只 为 优 质 阅 读

沈从文散文精选集

愿我们相逢如初见

沈从文 著

贵州出版集团
贵州人民出版社

图书在版编目（CIP）数据

愿我们相逢如初见：沈从文散文精选集 / 沈从文著
. — 贵阳：贵州人民出版社，2020.5
ISBN 978-7-221-15324-1

Ⅰ. ①愿… Ⅱ. ①沈… Ⅲ. ①散文集－中国－现代
Ⅳ. ①I266

中国版本图书馆CIP数据核字（2019）第110406号

书　　名	愿我们相逢如初见：沈从文散文精选集 yuan wo men xiang feng ru chu jian：shen cong wen san wen jing xuan ji
著　　者	沈从文
责任编辑	徐楚韵
封面设计	林　丽
出版发行	贵州出版集团　贵州人民出版社
社　　址	贵州省贵阳市观山湖区中天会展城会展东路 SOHO 办公区 贵州出版集团大楼（邮编：550081）
印　　刷	河北鹏润印刷有限公司
开　　本	840 毫米 ×1194 毫米　32 开
印　　张	7.5 印张
字　　数	148 千字
版　　次	2020 年 5 月第 1 版
印　　次	2020 年 5 月第 1 次印刷
书　　号	ISBN 978-7-221-15324-1
定　　价	55.00 元

如发现图书质量问题，可联系调换。质量投诉电话：010-82069336

目 录

Contents

壹　我愿重做眷恋故乡的梦

我心中似乎毫无渣滓，透明烛照，对一切皆那么爱着，十分温暖地爱着。

贰　我就这样一面看水一面想你

我走过许多地方的路，行过许多地方的桥，却只爱过一个正当年龄的你。

叁　我的城镇有条寂寞的长街

在这雨声中，这一帮的人念到那一帮的人，同做不经常的梦一样。

肆　我的心涂上了月的光明

我不能说生命是美丽抑哀戚。我只能留心沙上重新印下之足迹，让它莫在记忆中为时光拭尽。

壹……

我愿重做眷恋故乡的梦

我心中似乎毫无渣滓，透明烛照，

对一切皆那么爱着，十分温暖地爱着。

一个戴水獭皮帽子的朋友

我由武陵（常德）过桃源时，坐在一辆新式黄色公共汽车上。车从很平坦的大堤公路上奔驰而去，我身边还坐定了一个懂人情有趣味的老朋友[①]，这老友正特意从武陵县伴我过桃源县。他也可以说是一个“渔人”，因为他的头上，戴的是一顶价值四十八元的水獭皮帽子，这顶帽子经过沿路地方时，却很能引起一些年轻娘儿们注意的。这老友是武陵地方某大旅馆的主人。常德、河洑、周溪、桃源，沿河近百里路以内“吃四方饭”的标致娘儿们，他无一不特别熟悉；许多娘儿们也就特别熟悉他那顶水獭皮帽子。但照他自己说，使他迷路的那点年龄业已过去了，如今一切已满不在乎，白脸长眉毛的女孩子再不使他心跳，水獭皮帽子，也并不需要娘儿们眼睛放光了。他今年还只三十五岁。十年前，在这一带地方凡有他撒野机会时，他从不放过那点机会。

---

① 老朋友指曾芹轩，作者早年在行伍时即相识。《从文自传·船上》所述，即此人早年行迹。

现在既已规规矩矩做了一个大旅馆的大老板，童心业已失去，就再也不胡闹了。当他二十五岁左右时，大约就有过一百个女人净白的胸膛被他亲近过。我坐在这样一个朋友的身边，想起国内无数中学生，在国文班上很认真地读陶靖节《桃花源记》情形，真觉得十分好笑。同这样一个朋友坐了汽车到桃源去，似乎太幽默了。

朋友还是个爱玩字画也爱说野话的人。从汽车眺望平堤远处，薄雾里错落有致的平田、房子、树木，皆如敷了一层蓝灰，一切极爽心悦目。汽车在大堤上跑去，又极平稳舒服。朋友口中糅合了雅兴与俗趣，带点儿惊讶嚷道：

“这野杂种的景致，简直是画！”

“自然是画！可是是谁的画？”我说，“大哥，你以为是谁的画？”我意思正想考问一下，看看我那朋友对于中国画一方面的知识。

他笑了：“沈石田[①]这狗肏的，强盗一样好大胆的手笔！”

我自然不能同意这种赞美，因为朋友家中正收藏了一个沈周手卷，姓名真，画笔不佳，出处是极可怀疑的。说句老实话，当前从窗口入目的一切，潇洒秀丽中带点雄浑苍莽气概，还得另外找寻一句恰当的比拟，方能相称啊。我在沉默中的意见，似乎被他看明白了，他就说：

---

① 沈石田，即沈周，明画家，擅山水，为“明四家”之一。

“看，牯子[1]老弟你看，这点山头，这点树，那一片林梢，那一抹轻雾，真只有王麓台[2]那野狗干的画得出！”

这一下可被他“猜”中了。我说：

“这一下可被你说中了。我正以为目前风物极和王麓台卷子相近；你有他的扇面，一定看得出。因为它很巧妙地混合了秀气与沉郁，又典雅，又恬静，又不做作。”

“好，有的是你这文章魁首的形容！……”接着他就使用了一大串野蛮字眼儿，把我喊作小公牛，且把他自己水獭皮帽子向上翻起的封耳，拉下来遮盖了那两只冻得通红的耳朵，于是大笑起来了。仿佛第一次所说的话，本不过是为了引起我对于窗外景致注意而说，如今见我业已注意，他便很快乐地笑了。

他掣着我的肩膊很猛烈地摇了两下，我明白那是他极高兴的表示。我说：

“牯子大哥，你怎么不学画呢？你一动手，就会弄得很高明的！”

“我讲，牯子老弟，别丢我吧。我也是一个仇十洲[3]，但是只会画妇人的肚皮，真像你说，‘弄得很高明的’！你难道不知道我是个什么人吗？”

“你是个妙人。绝顶的妙人。”

---

① 牯子即公牛。

② 王麓台，即王原祁，清初画家，擅山水，“清六家”之一。

③ 仇十洲，即仇英，明画家，擅人物，尤工仕女，“明四家”之一。

“绣衣哥，得了，什么庙人寺人[①]，谁来割我的××？我还预备割掉许多男人的××，省得他们装模作样，在妇人面前露脸！我讨厌他们那种样子！”

“你不讨厌的。”

“牯子老弟，有的是你说的。不看你面上，我一定要割他们……”

这个朋友言语行为皆粗中有细，且带点儿妩媚，真可算得是一个妙人！

这个人脸上不疤不麻，身个儿比平常人略长一点，肩膊宽宽的，且有两只体面干净的大手，初初一看，可以知道他是个军队中吃粮子上饭跑四方人物，但也可以说他是一个准绅士。从三岁起就欢喜同人打架，为一点儿小事，不管对面的一个大过了他多少，也一面辱骂一面挥拳打去。但人长大到二十岁后，虽在男子面前还常常挥拳比武，在女人面前，却变得异常温柔起来，样子显得很懂事怕事。到了三十岁，处世便更谦和了。生平书读得虽不多，却善于用书，在一种近于奇迹的情形中，这人无师自通，写信办公事时，笔下都很可观。为人性情又随和又不马虎，一切看人来，在他认为是好朋友的，掏出心子不算回事；可是遇着另外一种老想占他一点儿便宜的人呢，他就完全不同了。——也就

---

① 寺人：又称宦寺，先秦时代宫廷中的近侍小臣，多以阉人充任，后来引申为性功能有缺陷的男子。

因此在一般人中他的毁誉是平分的；有人称他为豪杰，也有人称他为坏蛋。但不妨事，把两种性格两个人格拼合拢来，这人才真是一个活鲜鲜的人！

十三年前我同他在一只装军服的船上，向沅水上游开去，船当天从常德开头，泊到周溪时，天气已快要入夜了。那时空中正落着雪子，天气很冷，船顶船舷都结了冰，他为的是惦念到岸上一个长眉毛白脸庞小女人，便穿了崭新绛色缎子的猞猁里马褂，从那为冰雪冻结了的木筏上爬过去，一不小心便落了水，一面大声嚷牯子老弟这下我可完了，一面还是笑着挣扎。待到努力从水中挣扎上船时，全身皆已为水弄湿了。但他换了一件新棉军服外套后，却仍然很高兴地从木筏上爬拢岸边，到他心中惦念那个女人身边睡觉去了。三年前，我因送一个朋友[1]的孤雏转回湘西时，就在他家中，看了他的藏画一整天。他告我，有幅文徵明[2]的山水，好得很，被一个妇人攫走，十分可惜。到后一问，才知道原来他把那画卖了三百块钱，为一个小娼妇点蜡烛挂了一次衣。现在我又让那个接客的把行李搬到旅馆中来了。

见面时我喊他：

“牯子大哥，我又来了，不认识我了吧。”

他正站在旅馆天井中分派用人抹玻璃，自己却用手抹着那顶

---

① 一个朋友，指丁玲。

② 文徵明，明书画家，擅画山水，“明四家”之一。

绒头极厚的水獭皮帽子，一见到我就赶过来用两只手同我握手，握得我手指酸痛，大声说道：“嗨，嗨，你这个骚牯子又来了，妙极了，使人正想死你！”

“什么话，近来心里闲得想到北平城老朋友头上来了吗？”

“什么画，壁上挂——当天赌咒，天知道，我正如何念你！”

这自然是一句真话，粮子上出身的人物，对好朋友说谎，原看成为一种罪恶。他想念我，只因为他花了四十块钱，买得一本倪元璐[1]所写的武侯《出师表》。他既不知道这东西是从岳飞石刻《出师表》临来的，末尾那颗巴掌大的朱红印记，把他更弄糊涂了。照外行人说来，字既然极其“飞舞”四百也不觉得太贵，他可不明白那个东西应有的价值，花了那么一笔钱，从一个退伍军官处把它弄到手，因此想着我来了。于是我们一面说点十年前的野话，一面就到他的房中欣赏宝物去了。

这朋友年轻时，是个绿营中守兵名分的巡防军，派过中营衙门办事，在衙门中栽花养金鱼。后来做了军营里的庶务，又做过两次军需，又做过一次参谋。时间使一些英雄美人成尘成土，把一些傻瓜坏蛋变得又富又阔；同样的，到这样一个地方，我这个朋友，在一堆倏然而来悠然而逝的日子中，也就做了武陵县一家最清洁安静的旅馆主人，且同时成为爱好古玩字画的风雅人了。

---

① 倪元璐，明进士出身，官至户部尚书兼翰林院学士，能诗文书画。

他既收买了数量可观的字画，还有好些铜器与瓷器收藏的物件泥沙杂下，并不如何稀罕，但在那么一个小地方，在他那种情形下，能力却可以说尽够人敬服了。若有什么雅人由北方或由福建广东，想过桃源去看看，从武陵过身时，能泰然坦然把行李搬进他那个旅馆去，到了那个地方，看看过厅上的芦雁屏条，同长案上一切陈设，便会明白宾主之间实有同好，这一来，凡事皆好说了。

还有那向湘西上行过川黔考察方言歌谣的先生们，到武陵时最好就是到这个旅馆来下榻。我还不曾遇见过什么学者，比这个朋友更能明了中国格言谚语的用处。他说话全是活的，即便是诨话野话，也莫不各有出处，言之成章。他那言语比喻丰富处，真像是大河流水永无穷尽。在那旅馆中住下，一面听他詈骂用人，一面使我就想起在北平城圈里编大辞典的诸先生，为一句话一个字的用处，把《水浒传》《金瓶梅》《红楼梦》以及其他小说翻来翻去，剪破了多少书籍！若果他们能够来到这个旅馆里，故意在天井中撒一泡尿，或装作无心的样子把脏东西从窗口抛出去，或索性当着这旅馆老板面，作点不守规矩缺少理性的行为。好，等着就是。你听听那做老板的骂出几个稀奇古怪字眼儿，你会觉得原来这里还搁下了一本活辞典！倘若有个经济社会调查团，想从湘西弄到点材料，这旅馆也是最好下榻的处所。因为辰河沿岸码头的税收、烟价、妓女以及桐油、朱砂的出处行价，各个码头上管事的头目，他知道的也似乎比别人更清楚。——他懂得多哩！只要想想，人还只在二十五岁左右，就有一百个年轻妇人在他面前裸露过胸膛同心子，普通读书人看来，这是一个如何丰富吓人的经验！

只因我已十多年不再到这条河上，一切皆极生疏了，他便特别伴送我过桃源。为我租雇小船，照料一切。

十二点钟我们从武陵动身，一点半钟左右，汽车就到了桃源县停车站。我们下了车，预备去看船时，几件行李成为极麻烦的问题了。老朋友说，若把行李带去，到码头边叫小划子时，那些吃水上饭的人，会“以逸待劳”，把价钱放在一个高点上，使我们无法对付的。若把行李寄放到另外一个地方，空手去看船，我们便又“以逸待劳”了。我信任了老朋友的主张，照他的意思，一到桃源我们就把行李送到一个卖酒曲的人家去。到了那酒曲铺子，拿烟的是个四十岁左右的胖妇人，他的干亲家。倒茶的是个十五六岁的白脸长身女孩子，腰身小，嘴唇小，眼目清明如两粒水晶球儿，见人只是转个不停。论辈数，说是干女儿呢。坐了一阵，两人方离开那人家洒着手下河边去。在河街上一个旧书铺，一幅无名氏的山水牵引了他的眼睛，二十块钱把画买定了。再到河边去看船，船上人知道我是那个大老板的熟人，价钱倒很容易说妥了。来回去逼船总写保单，取行李，一切安排就绪，时间已快到半夜了。我那小船明天一早方能开头，我就邀他在船上住一夜。他却说酒曲铺子那个十五年前老伴的女儿，正炖了一只鸡等着他去消夜。点了一段废缆子，很快乐地跳上岸匆匆走去了。

他上岸从一些吊脚楼柱下转入河街时，我还听到河街上哨兵喊口号，他大声答着“百姓”，表明他的身份。第二天天刚发白，我还没醒，小船就已向上游开动了。大约已经走了三里路，却听得岸上有个人喊叫我的名字，沿岸追来，原来是他从热被里脱出赶来送我的行的。船傍了岸。天落着雪，他站在船头一面抖去肩上雪片，一面质问弄船人，为什么船开得那么早。

我说：“牯子大哥，你怎么的，天气冷得很，大清早还赶来送我！”

他钻进舱里笑着轻轻地向我说：“牯子老弟，我们看好了的那幅画，我不想买了。我昨晚上还看过更好的一本册页！”

“什么人画的？”

“当然仇十洲。我怕仇十洲那杂种也画不出。牯子老弟，好得很……”话不说完他就大笑起来。我明白他话中所指了。

“你又迷路了吗？你不是说自己年纪已老了吗？”

“到了桃源还不迷路吗？自己虽老别人可年轻！牯子老弟，你好好地上路吧，不要胡思乱想我的事情，回来时仍住到我的旅馆里，让我再照料你上车吧。”

“一路复兴，一路复兴”，那么嚷着，于是他同一匹豹子一样，一纵又上了岸，船就开了。

桃源与沅州

全中国的读书人，大概从唐朝以来，命运中就注定了应读一篇《桃花源记》，因此把桃源当成一个洞天福地，人人皆知道那地方是武陵渔人发现的，有桃花夹岸，芳草鲜美。远客来到，乡下人就杀鸡温酒，表示欢迎。乡下人皆避秦隐居的遗民，不知有汉朝，更无论魏晋了。千余年来，读书人对于桃源的印象，既不怎么改变，所以每当国体衰弱发生变乱时，想做遗民的必多，这文章也就增加了许多人的幻想，增加了许多人的酒量。至于住在那儿的人呢，却无人自以为是遗民或神仙，也从不曾有人遇着遗民或神仙。

桃源洞离桃源县二十五里。从桃源县坐小船沿沅水上行，船到白马渡时，上岸走去，忘路之远近乱走一阵，桃花源就在眼前了，那地方桃花虽不如何动人，竹林却很有意思。如椽如柱的大竹子，随处皆可发现前人用小刀刻画留下的诗歌。新派学生不甘自弃，也多刻下英文字母的题名。竹林里间或潜伏一二剪径壮士，待机会霍地从路旁跃出，仿照《水浒传》上英雄好汉行为，向游客发个利市。桃源县城则与长江中部各小县城差不多，一入城门最触目的是推行印花税与某种公债的布告。城中有棺材铺、官药铺，有茶馆酒馆，有米行脚行，有和尚道士，有经纪媒婆。庙宇祠堂多数为军队驻防，门外必有个武装同志站岗。土栈烟馆皆照章纳税，受当地军警保护。代表本地的出产，边街上有几十家玉器作坊，用珉石染红着绿，琢成酒杯笔架等物，货物品质平平常常，价钱却不轻贱。另外还有个名为“后江”的地方，住下无数公私不分的妓女，很认真经营她们的业务。有些人家在一个菜园平房里，有些却又住在空船上，地方虽脏一点倒富有诗意。这些妇女使用她们的下体，安慰军政各界，且征服了往还沅水流域的烟贩、木商、船主，以及种种过路人，挖空了每个顾客的钱包，维持许多人生活，促进地方的繁荣。一县之长照例是个读书人，从史籍上早知道这是人类一种最古的职业，没有郡县以前就有了它们，取缔既与“风俗”不合，且影响到若干人生存，因此就很正当地向这些人来抽收一种捐税（并采取了个美丽名词叫作花捐），把这笔款项用来补充地方行政、保安或城乡教育经费。

桃源既是个有名地方，每年自然就有许多“风雅”人，心慕古桃源之名，二三月里携了《陶靖节集》与《诗韵集成》[①]等

---

①《诗韵集成》，韵书，清余春亭编，为旧时初学作诗者检韵的简易工具书。

物，来到桃源县访幽探胜。这些人往桃源洞赋诗前后，必尚有机会过后江走走。由朋友或专家引道，这家那家坐坐，烧匣烟，喝杯茶，看中意某一个女人时，问问行市，花个三元五元，便在那龌龊不堪万人用过的花板床上，压着那可怜妇人胸膛放荡一夜。于是纪游诗上多了几首无题诗，“巫峡神女”[①]“汉皋解珮”[②]“刘阮天台”[③]等典故，一律被引用到诗上去。看过了桃源洞，这人平常若是很谨慎的，自会觉得应当过医生处走走，于是匆匆地回家了。至于接待过这种外路风雅人的妓女呢，前一夜也许陆续接待过了三个麻阳船水手，后一夜又得陪伴两个贵州省牛皮商人。这些妇人说不定还被一个水手，一个县公署执达吏，一个公安局书记，或一个当地小流氓，长时期包定占有，客来时那人往烟馆过夜，客去时再回到妇人身边来烧烟。

妓女的数目，占城中人口比例数不小。因此仿佛有各种原因，她们的年龄皆比其他都市更无限制。有些人年在五十以上，还不甘自弃，同孙女辈行来参加这种生活斗争，每日轮流接待水手同军营中火夫。也有年纪不过十三四岁，乳臭尚未脱尽，便在那儿服侍客人过夜的。

她们的技艺是烧烧鸦片烟，唱点流行小曲，若来客是粮子上

---

① 巫峡神女，传说楚怀王游高唐，梦见巫峡神女。典出宋玉《高唐赋》。

② 汉皋解珮，典出《韩诗外传》，指郑交甫南适楚，于汉皋台下遇二女事。

③ 刘阮天台，相传东汉永平年间，剡县人刘晨、阮肇同入天台山采药，遇二仙女。

跑四方的人物，还得唱唱军歌党歌，与电影明星的新歌，应酬应酬，增加兴趣。她们的收入有些一次可得洋钱二十三十，有些一整夜又只得三毛五毛。这些人有病本不算一回事，实在病重了，不能作生活挣饭吃，间或就上街走到西药房去打针，六零六三零三扎那么几下，或请走方郎中配服药，朱砂茯苓乱吃一阵，只要支持得下去，总不会坐下来吃白饭。直到病倒了，毫无希望可言了，就叫毛伙用门板抬到那类住在空船中孤身过日子的老妇人身边去，尽她咽最后那一口气，死去时亲人呼天抢地哭一阵，罄所有请和尚安魂念经再托人赊购副四合头棺木，或借“大加一”[①]买副薄薄板片，土里一埋也就完事了。

桃源地方已有公路，直达号称湘西咽喉的武陵（常德），每日皆有八辆十辆新式载客汽车，按照一定时刻在公路上奔驰。距常德约九十里，车票价钱一元零。这公路从常德且直达湖南省会的长沙，汽车路程约四点钟，车票价约六元。公路通车时，有人说这条公路在湘省经济上具有极大意义，对于黔省出口特货运输可方便不少。这人似乎不知道特货过境每次皆三百担五百担，公路上一天不过十几辆汽车来回，若非特货再加以精制，每天能运输特货多少？关于特货的精制，在各省严厉禁烟宣传中，平民谁还有胆量来做这种非法勾当。假若在桃源县某种铺子里，居然有人能够设法购买一点黄色粉末药物，仔细问问也就会弄明白那货

① 大加一，一种利率与贷款等额的高利贷。

物的来源，且明白出产地并不是桃源县城，运输出口时或用轮船直往汉口，却不需借公路汽车转运长沙。

真可称为桃源名产的，是家鸡同鸡卵，街头巷尾无处不可以发现这种冠赤如火庞大庄严的生物。凡过路人初见这地方鸡卵，必以为是鸭卵或鹅卵。其次，桃源有一种小划子，轻捷、稳当、干净，在沅河中可称首屈一指。一个外省旅行者，若想到湘西的永绥、乾城、凤凰，研究湘边苗族的分布状况，或想从湘西往四川的酉阳、秀山，调查桐油的生产，往贵州的铜仁，调查朱砂水银的生产，往玉屏调查竹科种类，注意造箫制纸的工业，皆可在桃源县魁星阁下边，雇妥那么只小船，沿沅河溯流而上，直达目的地，到地时取行李上岸落店，毫无何等困难。

一只桃源小划子上照例要个舵手，管理后艄，调动船只左右。张挂风帆，松紧帆索，捕捉河面山谷中的微风。放缆拉船，量度河面宽窄与河流水势，伸缩竹缆。另外还要个拦头人，上滩下滩时看水认容口，出事前提醒舵手躲避石头、恶浪与漩流，出事后点篙子需要准确、稳重。这种人还要有胆量，有气力，有经验。张帆落帆皆得很敏捷地拉桅下绳索。走风船行如箭时，便蹲坐在船头打吆喝呼啸，嘲笑同行落后的船只。自己船只落后被人嘲骂时，还得回骂；人家唱歌也得用歌声作答。两船相碰说理时，不让别人占便宜。动手打架时，先把篙子抽出拿在手上。船只搁入急流乱石中，不问冬夏，皆得敏捷而勇敢地脱光衣裤，向急流中跳去，在水里尽肩背之力使船只离开险境。掌舵的有事不能尽职，就从船顶爬过船尾去，做个临时舵手。船上若有小水手，还应事事照料小水手，指点小水手。更有一份不可推却的职务，便是在一切过失上，应与掌舵的各据小船一头，相互辱宗骂祖，继续使船前进。小船除此两人以外，尚需要个小水手居于杂务地位，淘米、烧饭、切菜、洗碗，无事不做。行船时应荡桨就帮同荡桨，应点篙就帮同持篙。这种水手大都在学习期间，应处处留心，取得经验同本领。除了学习看水、看风、记石头、使用篙桨以外，也学习挨打挨骂。尽各种古怪稀奇字眼儿成天在耳边响着，好好地保留在记忆里，将来长大时再用它来辱骂旁人。上行无风吹，一个人还得负了纤板，曳着一段竹缆，在荒凉河岸小路上拉船前进。小船停泊码头边时，又得规规矩矩守船。关于他们经济情势，舵手多为船家长年雇工，平均算来合八分到一角钱一天。拦头工有长年雇定的，人若年富力强多经验，待遇同掌舵的差不多，若只是短期包来回，上行平均每天可得一毛或一毛五分钱，下行则尽义务吃白饭而已。至于小水手，学习期限看年龄同本事来，学习期间有些人每天可得两分钱做零用，有些人在船上三年五载吃白饭，一个不小心，闪不知被自己手中竹篙弹入乱石激流中，泅水技术又不在行，淹死了，船主方面写得有字据，生死家长不能过问，掌舵的把死者剩余的衣服交给亲长说明白落水情形后，烧几百钱纸，手续便清楚了。

一只桃源小划子，有了这样三个水手，再加上一个需要赶路、有耐心、不嫌孤独、能花个二十三十的乘客，这船便在一条清明透澈的沅水上下游移动起来了。在这条河里在这种小船上作乘客，最先见于记载的一人，应当是那疯疯癫癫的楚逐臣屈原。在他自己的文章里，他就说道：“朝发汪渚兮，夕宿辰阳。”[1]若果他那文章还值得称引，我们尚可以就“沅有芷兮澧有兰”与“乘舲上沅”[2]这些话，估想他当年或许就坐了这种小船，溯流而上，到过出产香草香花的沅州。沅州上游不远有个白燕溪，小溪谷里生芷草，到如今还随处可见。这种兰科植物生根在悬崖罅隙间，或蔓延到松树枝丫上，长叶飘拂，花朵下垂成一长串，风致楚楚。花叶形体较建兰柔和，香味较建兰淡远。游白燕溪的可坐小船去，船上人若伸手可及，多随意伸手摘花，顷刻就成一束。若崖石过高，还可以用竹篙将花打下，尽它堕入清溪回流里，再用手去溪里把花捞起。除了兰芷以外，还有不少香草香花，在溪边崖下繁殖。那种黛色无际的崖石，那种一丛丛幽香炫目的奇葩，那种小小回旋的溪流，合成一个如何不可言说迷人心目的圣境！若没有这种地方，屈原便再疯一点，据我想来他文章未必就能写得那么美丽。

什么人看了我这个记载，若神往于香草香花的沅州，居然从桃源包了小船，过沅州去，希望实地研究解决《楚辞》上几个草木问题。到了沅州南门城边，也许无意中会一眼瞥见城门上有一

① 语出屈原《涉江》。汪渚，通行本多作“枉渚”。

② 语出屈原《湘夫人》。

片触目黑色。因好奇想明白它，一时可无从向谁去询问，他所见到的只是一片新的血迹，并非古迹。大约在清党前后，有个晃州姓唐的青年，北京农科大学毕业生，用党务特派员资格，率领了两万以上四乡农民，肩持各种农具，上城请愿。守城兵先已得到长官命令，不许请愿群众进城。于是两方面自然而然发生了冲突。一面是旗帜、木棒、呼喊与愤怒，一面是一尊机关枪同四支步枪，街道那么窄，结果站在最前线上的特派员同四十多个青年学生与农民，便皆在城门边牺牲了。其余农民一看情形不对，抛下农具四散吓跑了。那个特派员的身体，于是被兵士用刺刀钉在城门木板上，示众三天，三天过后，便抛入屈原所称赞的清流里喂鱼吃了。几年来本地人派捐拉夫，在应付差役中把日子混过去，大致把这件事也慢慢地忘掉了。

桃源小船载客载到沅州府，把客人行李扛上岸，讨得酒钱回船时，这些水手必乘兴过皮匠街走走。那地方同桃源的后江差不多，住下不少经营最古职业的人物。地方既非商埠，价钱可公道一些。花四百钱关一次门，上船时还可以得一包黄油油的上净丝烟，那是十年前的规矩。照目前百物昂贵情形想来，一切当然已不同了，出钱的花费也许得多一点，收钱的待客也许早已改用美丽牌代替上净丝了。

或有人在皮匠街蓦见水手，对水手发问：“弄船的，‘肥水不流外人田’，家里有的你让别人用，用别人的你还得花钱，上算吗？”

那水手一定会拍着腰间麂皮抱兜，笑眯眯地回答说：“大爷，‘羊毛出在羊身上’。这钱不是我桃源人的钱，上算的。”

他回答的只是后半截，前半截却不必提。本人正在沅州，离桃源远过八百里，桃源那一个他管不着。

便因为这点哲学，水手们的生活，比起风雅人来似乎洒脱多了。若说话不犯忌讳，无人疑心我袒护无产阶级，我还想说他们的行为，比起风雅人来也实在道德得多。

三月（北平大城中）

鸭窠围的夜

天快黄昏时落了一阵雪子，不久就停了。天气真冷，在寒气中一切皆仿佛结了冰，便是空气，也像快要冻结的样子。我包定的那一只小船，在天空大把撒着雪子时已泊了岸。从桃源县沿河而上这已是第五个夜晚。看情形晚上还会有风有雪，故船泊岸边时便从各处挑选好地方。沿岸除了某一处有片沙岨宜于泊船以外，其余地方皆黛色如屋的大石头。石头既然那么大，船又那么小，我们皆希望寻觅得到一个能做小船风雪屏障，同时要上岸又还方便的处所。凡可以泊船的地方早已被当地渔船占去了。小船上的水手，把船上下各处撑去，钢钻头敲打着沿岸大石头，发出好听的声音，结果这只小船，还是不能不同许多大小船只一样，在正当泊船处插了篙子，把当作锚头用的石碇抛到沙上去，尽那行将来到的风雪，摊派到这只船上。

这地方是个长潭的转折处，两岸皆高大壁立的山，山头上长着小小竹子，长年翠色逼人。这时节两山只剩余一抹深黑，赖天空微明为画出一个轮廓。但在黄昏里看来如一种奇迹的，却是两岸高处去水已三十丈上下的吊脚楼。这些房子莫不俨然悬挂在半空中，借着黄昏的余光，还可以把这些稀奇的楼房形体，看得出个大略。这些房子同沿河一切房子有共通相似处，便是从结构上说来，处处显出对于木材的浪费。房屋既在半山上，不用那么多木料，便不能成为房子吗？半山上也有用吊脚楼形式，这形式是必需的吗？然而这条河水的大宗出口是木料，木材比石块还不值价。因此即或是河水永远涨不到处，吊脚楼房子依然存在，似乎也不应当有何惹眼惊奇了。但沿河因为有了这些楼房，长年与流水斗争的水手，寄身船中枯闷成疾的旅行者，以及其他过路人，却有了落脚处了。这些人的疲劳与寂寞是从这些房子中可以一律解除的。地方既好看，也好玩。

河面大小船只泊定后，莫不点了小小的油灯，拉了篷。各个船上皆在后舱烧了火，用铁顶罐①煮饭，饭焖熟后，又换锅子熬油，哗的把菜蔬倒进热锅里去。一切齐全了，各人蹲在舱板上三碗五碗把腹中填满后，天已夜了。水手们怕冷怕动的，收拾碗盏后，就莫不在舱板上摊开了被盖，把身体钻进那个预先卷成一筒又冷又湿的硬棉被里去休息。至于那些想喝一杯的，发了烟瘾得靠靠灯，船上烟灰又翻尽了的，或一无所为，只是不甘寂寞，好事好玩想到岸上去烤烤火谈谈天的，则莫不提了桅灯，或燃一段

① 顶罐，炊具。罐底呈球面状，用时置于三足圆形铁架上，状似商鼎，故名。

废缆子，摇着晃着从船头跳上了岸，从一堆石头间的小路径，爬到半山上吊脚楼房子那边去，找寻自己的熟人，找寻自己的熟地。陌生人自然也有来到这条河中来到这种吊脚楼房子里的时节，但一到地，在火堆旁小板凳上一坐，便是陌生人，即刻也就可以称为熟人了。

这河边两岸除了停泊有上下行的大小船只三十左右以外，还有无数在日前趁融雪涨水放下形体大小不一的木筏。较小的上面供给人住宿过夜的棚子也不见，一到了码头，便各自上岸找住处去了。大一些的木筏呢，则有房屋，有船只，有小小菜园与养猪养鸡栅栏，有女眷，有孩子。

黑夜占领了全个河面时，还可以看到木筏上的火光，吊脚楼窗口的灯光，以及上岸下船在河岸大石间飘忽动人的火炬红光。这时节岸上船上皆有人说话，吊脚楼上且有妇人在黯淡的灯光下唱小曲的声音，每次唱完一支小曲时，就有人笑嚷。什么人家吊脚楼下有匹小羊叫，固执而且柔和的声音，使人听来觉得忧郁，我心中想着，“这一定是从别一处牵来的，另外一个地方，那小畜生的母亲，一定也那么固执地鸣着吧。”算算日子，再过十一天便过年了。“小畜生明不明白只能在这个世界上活过十天八天？”明白也罢，不明白也罢，这小畜生是为了过年而赶来应在这个地方死去的。此后固执而又柔和的声音，将在我耳边永远不会消失。我觉得忧郁起来了。我仿佛触着了这世界上一点东西。看明白了这世界上一点东西，心里软和得很。

但我不能这样子打发这个长夜，我把我的想象，追随了一个唱曲时清中夹沙的妇女声音到她的身边去了。于是仿佛看到了一个床铺，下面是草荐，上面摊了一床用旧帆布或别的旧货做成脏而又硬的棉被，搁在被盖上面的是一个木托盘，盘中有一把小茶壶、一个小烟匣、一块石头、一盏灯。盘边躺着一个人。唱曲子的妇人，或是袖了手捏着自己的膀子站在吃烟者的面前，或是靠在男子对面的床头，为客人烧烟。房子分两进，前面临街，地是土地，后面临河，便是所谓吊脚楼了。这些人房子窗口既一面临河，可以凭了窗口呼喊河下船中人，当船上人过了瘾，胡闹已够，下船时，或者尚有些事情嘱托，或有其他原因，一个晃着火炬停顿在大石间，一个便凭立在窗口，“大老你记着，船下行时又来！”“好，我来的，我记着的。”“你见了顺顺就说：会呢，完了；孩子大牛呢，脚膝骨好了，细粉捎三斤，冰糖捎三斤。”“记得到，记得到，大娘你放心，我见了就说：会呢，完了，大牛呢，好了，细粉来三斤，冰糖来三斤。”“杨氏，杨氏，一共四吊七，莫错账！”“是的，放心呵，你说四吊七就四吊七，年三十夜莫会要你多的！你自己记着就是了。”这样那样地说着，我一一皆可听到，而且一面还可以听着在黑暗中某一处咩咩的羊鸣。我明白这些回船的人是上岸吃过“荤烟”了的。

我还估计得出，这些人不吃“荤烟”，上岸时只去烤烤火的，到了那些屋子里时，便多数只在临街那一面铺子里。这时节天气太冷，大门必已上好了，屋里一隅或点了小小油灯，屋中土地上必就地掘了浅凹，烧了些树根柴块。火光煜煜，且时时刻刻爆炸着一种难于形容的声音。火旁矮板凳上坐有船上人，木筏上人，有对河住家的熟人。且有虽为天所厌弃还不自弃的老妇人，闭着眼睛蜷成一团蹲在火边，悄悄地从大袖筒里取出一片薯干，一枚红枣，塞到嘴里去咀嚼。有穿着肮脏身体瘦弱的孩子，手擦着眼睛傍着火旁的母亲打盹。屋主人有位退伍的老军人，有翻船背运的老水手，有单身寡妇，借着火光灯光，可以看得出这屋中的大略情形，三堵木板壁上，一面必有个供养祖宗的神龛，神龛下空处或另一面，必贴了一些大小不一的红白名片。这些名片倘若有那些好事者加以注意，用小油灯照着，去仔细检查，便可以发现许多动人的名衔，军队上的连副、上士、一等兵，商号中的管事，当地的团总、保正、催租吏，以及照例姓滕的船主，洪江的木排商人，与其他人物，无所不有。这是近十年来经过此地若干人中一小部分的题名录。这些人各用一种不同的生活，来到这个地方，且同样地来到这些屋子里，坐在火边或靠近床上，逗留过若干时间。这些人离开了此地后，在另一个世界里还是继续活下去，但除了同自己的生活圈子中人发生关系以外，与一同在这个世界上其他的人，却仿佛便毫无关系可言了。他们如今也许死掉了，水淹死的，枪打死的，被外妻用砒霜谋杀的，然而这些名片却依然将好好地保留下去。也许有些人已成了富人名人，成了当地的小军阀，这些名片却仍然写着催租人、上士等的衔头。……除了这些名片，那屋子里是不是还有比它更引人注意的东西呢？锯子、小捞兜、香烟大画片、装干栗子的口袋……

提起这些问题时使人心中很激动。我到船头上去眺望了一阵。河面静静的，木筏上火光小了，船上的灯光已很少了，远近一切只能借着水面微光看出个大略情形。另外一处的吊脚楼上，又有了妇人唱小曲的声音，灯光摇摇不定，且有猜拳声音。我估计那些灯光同声音所在处，不是木筏上的排头在取乐，就是水手们小商人在喝酒。妇人手指上说不定还戴了从常德府为水手特别捎来的镀金戒指，一面唱曲一面把那只手理着鬓角，多动人的一幅画图！我认识他们的哀乐，这一切我也有份。看他们在那里把每个日子打发下去，也是眼泪也是笑，离我虽那么远，同时又与我那么相近。这正同读一篇描写西伯利亚方面的农人生活动人作品一样，使人掩卷引起无言的哀戚。我如今只用想象去领味这些人生活的表面姿态，却用过去一分经验，接触着了这种人的灵魂。

羊还固执地鸣着。远处不知什么地方有锣鼓声音，那是禳土酬神巫师的锣鼓。声音所在处必有火燎与九品蜡[①]，照耀争辉，炫目火光下有头包红布的老巫独立作旋风舞，门上架上有黄钱，平地有装满了谷米的平斗。有新宰的猪羊伏在木架上，头上插着小小纸旗。有行将为巫师用口把头咬下的活生公鸡，缚了双脚与

---

① 九品蜡，供祭神用蜡烛，九品即九支。用时按一定方式组合排列，或一字式，或品字式等。

翼翅，在土坛边无可奈何地躺卧。主人锅灶边则热了猪血稀粥，灶中火光熊熊。

邻近一只大船上，水手们已静静地睡下了，只剩余一个人吸着烟，且时时刻刻把烟管敲着船舷。也像听着吊脚楼的声音，为那点声音所激动，忽然按捺自己不住了，只听到他轻轻地骂着野话，擦了支自来火，点上一段废缆，跳上岸往吊脚楼那里去了。他在岸上大石间走动时，火光便从船篷空处漏进我的船中。也是同样的情形吧，在一只装载棉军服向上行驶的船上，泊到同样的岸边，躺在成束成捆的军服上面，夜既太长，水手们爱玩牌的皆蹲坐在舱板上小油灯光下玩天九，睡既不成，便胡乱穿了两套棉军服，空手上岸，借着石块间还未融尽残雪返照的微光，一直向高岸上有灯光处走去。到了街上，除了从人家门罅里露出的灯光成一条长线横卧着，此外一无所有。在计算中以为应可见到的小摊上成堆的花生，用哈德门长烟匣装着干瘪瘪的小橘子，切成小方块的片糖，以及在灯光下看守摊子把眉毛扯得极细的妇人（这些妇人无事可做时还会在灯光下做点针线的），如今什么也没有。既不敢冒昧闯进一个人家里面去，便只好又回转河边船上了。但上山时向灯光凝聚处走去，方向不会错误。下河时可弄糟了。糊糊涂涂在大石小石间走了许久，且大声喊着才走近自己所坐的一只船。上船时，两脚全是泥，刚攀上船舷还不及脱鞋落舱，就有人在棉被中大喊："伙计哥子们，脱鞋呀！"把鞋脱了还不即睡，便镶到水手身旁去看牌，一直看到半夜，——十五年前自己的事，在这样地方温习起来，使人对于命运感到惊异。我懂得那个忽然独自跑上岸去的人，为什么上去的理由！

等了一会儿，邻船上那人还不回到他自己的船上来，我明白他所得的比我多了一些。我想听听他回来时，是不是也像别的船上人，有一个妇人在吊脚楼窗口喊叫他。许多人都陆续回到船上了，这人却没有下船。我记起“柏子”。但是，同样是水上人，一个那么快乐地赶到岸上去，一个却是那么寂寞地跟着别人后面走上岸去，到了那些地方，情形不会同柏子一样，也是很显然的事了。

为了我想听听那个人上船时那点推篷声音，我打算着，在一切声音皆已安静时，我仍然不能睡觉。我等待那点声音，大约到午夜十二点，水面上却起了另外一种声音。仿佛鼓声，也仿佛汽油船马达转动声，声音慢慢地近了，可是慢慢地又远了。这是一个有魔力的歌唱，单纯到不可比方，也便是那种固执的单调，以及单调的延长，使一个身临其境的人，想用一组文字去捕捉那点声音，以及捕捉在那长潭深夜一个人为那声音所迷惑时节的心情，实近于一种徒劳无功的努力。那点声音使我不得不再从那个业已用被单塞好空罅的舱门，到船头去搜索它的来源。河面一片红光，古怪声音也就从红光一面掠水而来。日里隐藏在大岩下的一些小渔船，原来在半夜前早已静悄悄地下了拦江网。到了半夜，把一个从船头伸出水面的铁篮，盛上燃着熊熊烈火的油柴，一面敲着船舷各处走去。身在水中见了火光而来与受了柝声惊走四窜的鱼类，便在这种情形中触了网，成为渔人的俘虏。

一切光，一切声音，到这时节已为黑夜所抚慰而安静了，只有水面上那一份红火与那一派声音。那种声音与光明，正为着水中的鱼与水面的渔人生存的搏战，已在这河面上存在了若干年，且将在接连而来的每个夜晚依然继续存在。我弄明白了，回到舱中以后，依然默听着那个单调的声音。我所看到的仿佛是一种原始人与自然战争的情景。那声音，那火光，皆近于原始人类的武器！

不知在什么时候开始落了很大的雪，听船上人嘟哝着，我心想，第二天我一定可以看到邻船上那个人上船时节，在岸边雪地上留下的那一行足迹。那寂寞的足迹，事实上我却不曾见到，因为第二天到我醒来时，小船已离开那个泊船处很远了。

一个多情水手与一个多情妇人

我的小表到了七点四十分时，天光还不很亮。停船地方两山过高，故住在河上的人，睡眠仿佛也就可以多些了。小船上水手昨晚上吃了我五斤河鱼，鱼虽吃过，大约还记着那吃鱼的原因，不好意思再睡，这时节业已起身，卷了铺盖，在烧水扫雪了。两个水手一面工作一面用野话编成韵语骂着玩着，对于恶劣天气与那些昨晚上能晃着火炬到有吊脚楼人家去同宽脸大奶子妇人纠缠的水手，含着无可奈何的诅咒。

大木筏都得天明时漂滩，正预备开头，寄宿在岸上的人已陆续下了河，与宿在筏上的水手们，共同开始从各处移动木料，筏上有斧斤声与大摇槌嘭嘭地敲打木桩声音。许多在吊脚楼寄宿的人，从妇人热被里脱身，皆在河滩大石间踉跄走着，回归船上。妇人们恩情所结，也多和衣靠着窗边，与河下人遥遥传述那种种“后会有期各自珍重”的话语。很显然的事，便是这些人从昨夜那点露水恩情上，已经各在那里支付分上一把眼泪与一把埋怨。想到这些眼泪与埋怨，如何揉进这些人的生活中，成为生活之一部分时，使人心中柔和得很！

第一个大木筏开始移动时，约在八点左右。木筏四隅数十支大桡，拨水而前，筏上且起了有节奏的“唉”声。接着又移动了第二个。……木筏上的桡手，各在微明中画出一个黑色的轮廓。木筏上某一处必扬着一片红红的火光，火堆旁必有人正蹲下用钢罐煮水。

我的小船到这时节一切业已安排就绪，也行将离岸，向长潭上游溯江而上了。

只听到河下小船邻近不远某一只船上，有个水手哑着嗓子喊人：

“牛保，牛保，不早了，开船了呀！”

许久没有回答，于是又听那个人喊道：

“牛保，牛保，你不来当真船开动了！”

再过一阵，催促的转而成为辱骂，不好听的话已上口了。

“牛保，牛保，狗×的，你个狗就见不得河街女人的×！”

吊脚楼上那一个，到此方仿佛初从好梦中惊醒，从热被里妇人手臂中逃出，光身爬到窗边来答着：

“宋宋，宋宋，你喊什么？天气还早咧。”

“早你的娘，人家木排全开了，你×了一夜还尽不够！”

“好兄弟，忙什么？今天到白鹿潭好好地喝一杯！天气早得很！”

“天气早得很，哼，早你的娘！”

“就算是早我的娘吧。”

最后一句话，不过是我所想象的。因为河岸水面那一个，虽尚呶呶不已，楼上那一个却业已沉默了。大约这时节那个妇人还卧在床上，也开了口：“牛保，牛保，你别理他，冷得很！”因此即刻又回到床上热被里去了。

只听到河边那个水手喃喃地骂着各种野话，且有意识把船上家伙撞磕得很响。我心想：这是个什么样子的人，我倒应当看看他。且很希望认识岸上那一个。我知道他们那只船也正预备上行，就告给我小船上水手，不忙开头，等等同那只船一块儿开。

不多久，许多木筏离岸了，许多下行船也拔了锚，推开篷，着手荡桨摇橹了。我卧在船舱中，就只听到水面人语声，以及橹桨激水声，与橹桨本身被扳动时咿咿呀呀声。河岸吊脚楼上妇人在晓气迷蒙中锐声地喊人，正如同音乐中的笙管一样，超越众声而上。河面杂声的综合，交织了庄严与流动，一切真是一个圣境。

我出到舱外去站了一会儿，天已亮了，雪已止了，河面寒气逼人，眼看这些船筏各戴上白雪浮江而下，这里那里扬着红红的火焰同白烟，两岸高山则直矗而上，如对立巨魔，颜色淡白，无雪处皆作一片墨绿。奇景当前，有不可形容的瑰丽。

一会儿，河面安静了。只剩下几只小船同两片小木筏，还无开头意思。

河岸上有个蓝布短衣青年水手，正从半山高处人家下来，到一只小船上去。因为必须从我小船边过身，故我把这人看得清清楚楚。大眼，宽脸，鼻子短，宽阔肩膊下挂着两只大手（手上还提了一个棕衣口袋，里面填得满满的），走路时肩背微微向前弯曲，看来处处皆证明这个人是一个能干得力的水手！我就冒昧地喊他，同他说话：

“牛保，牛保，你玩得好！”

谁知那水手当真就是牛保。

那家伙回过头来看看是我叫他，就笑了。我们的小船好几天以来，皆一同停泊，一同启碇，我虽不认识他，他原来早就认识了我的。经我一问，他有点害羞起来了。他把那口袋举起带笑说道：

“先生，冷呀！你不怕冷吗？我这里有核桃，你要不要吃核桃？”

我以为他想卖给我些核桃，不愿意扫他的兴，就说我要，等等我一定向他买些。

他刚走到他自己那只小船边，就快乐地唱起来了。忽然税关复查处比邻吊脚楼人家窗口，露出一个年轻妇人鬓发散乱的头颅，向河下人锐声叫将起来：

“牛保，牛保，我同你说的话，你记着吗？”

年轻水手向吊脚楼一方把手挥动着。

“唉，唉，我记得到！……冷！你是怎么的啊！快上床去！”大约他知道妇人起身到窗边时，是还不穿衣服的。

妇人似乎因为一番好意不能使水手领会，有点不高兴的神气。

“我等你十天，你有良心，你就来——”说着，嘭的一声把格子窗放下了。这时节眼睛一定已红了。

那一个还向吊脚楼喃喃说着什么，随即也上了船。我看看，那是一只深棕色的小货船。

我的小船行将开头时，那个青年水手牛保却跑来送了一包核桃。我以为是他拿来卖给我的，赶快取了一张值五角的票子递给他。这人见了钱只是笑。他把钱交还，把那包核桃从我手中抢了回去。

“先生，先生，你买我的核桃，我不卖！我不是做生意人。（他把手向吊脚楼指了一下，话说得轻了些。）那婊子同我要好，她送我的。送了我那么多，此外还有栗子、干鱼。还说了许多痴话，等我回来过年咧……”

慷慨原是辰河水手一种通常的性格，既不要我的钱，皮箱上正搁了一包烟台苹果，我随手取了四个大苹果送给他，且问他：

“你回不回来过年？”

他只笑眯眯地把头点点，就带了那四个苹果飞奔而去。我要水手开了船。小船已开到长潭中心时，忽然又听到河边那个哑嗓子在喊嚷：

“牛保，牛保，你是怎么的？我×你的妈，还不下河，我翻你的三代，还……”

一会儿，一切皆沉静了，就只听到我小船船头分水的声音。

听到水手的辱骂，我方明白那个快乐多情的水手，原来得了苹果后，并不立即返船，仍然又到吊脚楼人家去了。他一定把苹果献给那个妇人，且告给妇人这苹果的来源，说来说去，到后自然又轮着来听妇人说的痴话，所以把下河的时间完全忘掉了。

小船已到了辰河多滩的一段路程，长潭尽后就是无数大滩小滩。河水半月来已落下六尺，雪后又照例无风，较小船只即或可以不从大漕上行，沿着河边浅水处走去也仍然十分费事。水太干了，天气又实在太冷了点。我伏在舱口看水手们一面骂野话，一面把长篙向急流乱石间掷去，心中却念及那个多情水手。船上滩时浪头俨然只想把船上人攫走。水流太急，故常常眼看业已到了滩头，过了最紧要处，但在抽篙换篙之际，忽然又会为急流冲下。海水又大又深，大浪头拍岸时常如一个小山，但它总使人觉得十分温和。河水可同一股火，太热情了一点，时时刻刻皆想把人攫走，且仿佛完全只凭自己意见作去。但古怪的是这些弄船人，他们逃避激流同漩水的方法，十分巧妙。他们得靠水为生，明白水，比一般人更明白水的可怕处；但他们为了求生，却在每个日子里每一时间皆有向水中跳去的准备。小船一上滩时，就不能不向白浪里钻去，可是他们却又必有方法从白浪里找到出路。

在一个小滩上，因为河面太宽，小漕河水过浅，小船缆绳不够长不能拉纤，必须尽手足之力用篙撑上，我的小船一连上了五次皆被急流冲下。船头全是水。到后想把船从对河另一处大漕走去，漂流过河时，从白浪中钻出钻进，篷上也沾了水。在大漕中又上了两次，还花钱加了个临时水手，方把这只小船弄上滩。上过滩后问水手是什么滩，方知道这滩名“骂娘滩”（说野话的滩）。即或是父子弄船，一面弄船也一面得互骂各种野话，方可以把船弄上滩口。

一整天小船尽是上滩，我一面欣赏那些从船舷驰过急于奔马的白浪，一面便用船上的小斧头，敲剥那个风流水手见赠的核桃吃。我估想这些硬壳果，说不定每一颗还皆是那吊脚楼妇人亲手从树上摘下，用鞋底揉去一层苦皮，再一一加以选择，放到棕衣口袋里来的。望着那些棕色碎壳，那妇人说的“你有良心你就赶快来”一句话，也就尽在我耳边响着。那水手虽然这时节或许正在急水滩头爬伏到石头上拉船，或正脱了裤子涉水过溪，一定却记忆着吊脚楼妇人的一切，心中感觉十分温暖。每一个日子的过去，便使他与那妇人接近一点点。十天完了，过年了，那吊脚楼上，一定门楣上全贴了红喜钱，被捉的雄鸡啊呵呵呵地叫着，雄鸡宰杀后，把它向门角落抛去，只听到翅膀扑地的声音。锅中蒸了一笼糯米饭，长年覆着搁在门口的老粑槽，那时节业已翻动，粑槌也洗得干干净净，只等候把蒸熟的米饭倒下，两人就开始在一个石臼里捣将起来。一切事皆两个人共力合作，一切工作中皆掺和有笑谑与善意的诅骂。于是当真过年了。又是叮咛与眼泪，在一份长长的日子里有所期待，留在船上另一个放声地辱骂催促着，方下了船，又是胡桃与栗子，干鲤鱼与……

到了午后，天气太冷，无从赶路。时间还只三点左右，我的小船便停泊了。停泊地方名为杨家岨。依然有吊脚楼，飞楼高阁悬在半山中，结构美丽悦目。小船傍在大石边，只须一跳就可以上岸。岸上吊脚楼前枯树边，正有两个妇人，穿了毛蓝布衣裳，不知商量些什么，幽幽地说着话。这里雪已极少，山头皆裸露作深棕色，远山则为深紫色。地方静得很，河边无一只船，无一个人，无一堆柴。只不知河边其一个大石后面有人正在捶捣衣服，一下一下地捣。对河也有人说话，却看不清楚人在何处。

小船停泊到这些小地方，我真有点担心。船上那个壮年水手，是一个在军营中开过小差做过种种非凡事业的人物，成天在船上只唱着“过了一天又一天，心中好似滚油煎”，若误会了我箱中那些带回湘西送人的信笺信封，以为是值钱东西，在唱过了埋怨生活的戏文以后，转念头来玩个新花样，说不定我还来不及被询问“吃板刀面或吃馄饨”以前，就被他解决了。这些事我倒不怎么害怕，凡是蠢人做出的事我不知道什么叫吓怕的。只是有点儿担心。因为若果这个人做出了这种蠢事，我完了，他跑了，这地方可糟了。地方既属于我那些同乡军官大佬管辖，把他们可忙坏了。

我盼望牛保那只小船赶来，也停泊到这个地方，一面可以不用担心，一面还可以同这个有人性的多情水手谈谈。

直等到黄昏，方来了一只邮船，靠着小船下了锚。过不久，邮船那一面有个年轻水手嚷着要支点钱上岸去吃“荤烟”。另一个管事的却不允许，两人便争吵起来了。只听到年轻的那一个呶呶絮语，声音神气简直同大清早上那个牛保一个样子。到后来，这个水手负气，似乎空着个荷包，也仍然上岸过吊脚楼人家去了。过了一会儿还不见他回船，我很想知道一下他到了那里做些什么事情，就要一个水手为我点上一段废缆，晃着那小小火把，引导我离了船，爬了一段小小山路，到了所谓河街。

五分钟后，我与这个穿绿衣的邮船水手，一同坐到一个人家正屋里的火堆旁，默默地在烤火了。一个大油松树根株，正伴同一饼油渣，熊熊地燃着快乐的火焰。间或有人用脚或树枝拨了那么一下，便有好看的火星四散惊起。主人是一个中年妇人，另外还有两个老妇人，虽对水手提出种种问题，且把关于下河的油价、木价、米价、盐价，一件一件来询问他，他却很散漫地回答，只低下头望着火堆。从那个颈项同肩膊，我认得这个人性格同灵魂，竟完全同早上那个牛保水手一样。我明白他沉默的理由，一定是船上管事的不给他钱，到岸上来又赊烟不到手。他那闷闷不乐的神气，可以说是很妩媚。我心想请他一次客，又不便说出口。到后机会却来了，门开处进来了一个年事极轻的妇人，头上裹着大格子花布首巾，身穿绿色土布袄子，挂着一条蓝色围裙，胸前还绣了一朵小小白花。那年轻妇人把两只手插在围裙里，轻脚轻手进了屋，就站在中年妇人身后。说真话，这个女人真使我有点儿“惊讶”。我似乎在什么地方另一时节见着这样一个人，眼目鼻子皆仿佛十分熟悉。若不是当真在某一处见过，那就必定是在梦里了。公道一点说来，这妇人是个美丽得很的动物！

最先我以为这小妇人是无意中撞来玩玩，听听从下河来的客人谈谈下面事情，安慰安慰自己寂寞的。可是一瞬间，我却明白她是为另一件事而来的了。屋主人要她坐下她却不肯坐下，只把一双放光的眼睛尽瞅着我，待到我抬起头去望她时，那眼睛却又赶快逃避了。她在一个水手面前一定没有这种羞怯，为这点羞怯我心中有点儿惆怅，引起了点儿怜悯。这怜悯一半给了这个小妇人，却留下一半给我自己。

那邮船水手眼睛为小妇人放了光，很快乐地说：

“夭夭，夭夭，你打扮得真像个观音！”

那女人抿嘴笑着不理会，表示这点阿谀并不稀罕，一会儿方轻轻地说：

“我问你，白师傅的大船到了桃源不到？”

邮船水手答应了，妇人又轻轻地问：

“杨金保的船？”

邮船水手又答应了，妇人又继续问着这个那个。我一面向火一面听他们说话，却在心中计算一件事情。小妇人虽同邮船水手谈到岁暮年末水面上的情形，但一颗心却一定在另外一件事情上驰骋。我几乎本能地就感到了这个小妇人是正在爱着我的，不用惊奇，这不是稀奇事情。我们若稍懂人情，就会明白一张为都市所折磨而成的白脸，同一件称身软料细毛衣服，在一个小家碧玉心中所能引起的是一种如何幻想，对目前的事也便不用多提了。

对于身边这个小妇人，也正如先前一时对于身边那个邮船水手一样，我想不出用个什么方法，就可以使这个有了点儿野心与幻想的人，得到她所要得到的东西。其实我在两件事上皆不能再吝啬了，因为我对于他们皆十分同情。但试想想看，倘若这个小妇人所希望的是我本身，我这点同情，会不会引起五千里外另一个人的苦痛？我笑了。

……假若我给这水手一笔钱，让这小妇人同他谈一个整夜？

我正那么计算着，且安排如何来给那个邮船水手的钱，使他不至于感觉难为情。忽然听到那年轻妇人问道：

“牛保那只船？”

那邮船水手吐了一口气：“牛保的船吗，我们一同上骂娘滩，溜了四次。末后船已上了滩，那拦头的伙计还同他在互骂，且不知为什么互相用篙子乱打乱劐起来，船又溜下滩去了。看那样子不是有一个人落水，就得两个人同时落水。”

有谁发问：“为什么？”

邮船水手感慨似的说：“还不是为那一张×！”

几人听着这件事，皆大笑不已。那年轻小妇人，却长长地吁了一口气。

忽然河街上有个老年人嘶声地喊人：

“夭夭小婊子，小婊子婆，卖×的，你是怎么的，夹着那两片小×，一映眼又跑到那里去了！你来！……”

小妇人听门外街口有人叫她，把小嘴收敛做出一个爱娇的姿式，带着不高兴的神气自言自语说：“叫骡子又叫了。夭夭小婊子偷人去了！投河吊颈去了！”咬着下唇很有情致地盯了我一眼，拉开门，放进了一阵寒风，人却冲出去，消失到黑暗中不见了。

那邮船水手望了望小妇人去处那扇大门，自言自语地说：“小婊子嫁老烟鬼，天晓得！”

于是大家便来谈说刚才走去那个小妇人的一切。屋主中年妇人，告给我那小妇人年纪还只十九岁，却为一个年过五十的老兵所占有。老兵原是一个烟鬼，虽占有了她，只要谁有土有财就让床让位。至于小妇人呢，人太年轻了点，对于钱毫无用处，却似乎常常想得很远很远。屋主人且为我解释很远很远那句话的意思，给我证明了先前一时我所感觉到的一件事情的真实。原来这小妇人虽生在不能爱好的环境里，却天生有种爱好的性格。老烟鬼用名分缚着了她的身体，然而那颗心却无从拘束。一只船无意中在码头边停靠了，这只船又恰恰有那么一个年轻男子，一切派头皆与水手不同，夭夭那颗心，将如何为这偶然而来的人跳跃！屋主人所说的话增加了我对于这个年轻妇人的关心。我还想多知道一点，请求她告给我，我居然又知道了些不应当写在纸上的事情。到后来谈起命运，那屋主人沉默了，众人也沉默了。各人眼望着熊熊的柴火，心中玩味着“命运”两个字的意义，而且皆俨然有一点儿痛苦。

我呢，在沉默中体会到一点“人生”的苦味。我不能给那个小妇人什么，也再不做给那水手一点点钱的打算了，我觉得他们的欲望同悲哀都十分神圣，我不配用钱或别的方法渗进他们命运里去，扰乱他们生活上那一份应有的哀乐。

下船时，在河边我听到一个人唱《十想郎》小曲，曲调卑陋声音却清圆悦耳。我知道那是由谁口中唱出且为谁唱的。我站在河边寒风中痴了许久。

虎雏再遇记

四年前我在上海时，曾经做过一次荒唐的打算，想把一个年龄只十四岁，生长在边陬僻壤，小豹子一般的乡下人，用最文明的方法试来造就他。虽事在当日，就经那小子的上司预言，以为我一切设计将等于白费。我却仍然不可动摇地按照计划做去。我把那小子放在身边，勒迫他读书，改造他的身体改造他的心，希望他在我教育下将来成个伟人。谁知不到一个月，就出了意外事情，那理想中的伟人生事打坏了一个人，从此便失踪了。一切水得归到海里，小豹子也只宜于深山大泽方能发展他的生命。我明白闹出了乱子以后，他必有他的生路。对于这个人此后的消息，老实说，数年来我就不大再关心了。但每当我想及自己所做那件傻事时，总不免为自己的傻处发笑。

这次湘行到达辰州地方后，我第一个见到的就是那只小豹子。除了手脚身个子长大了一些，眉眼还是那么有精神，有野性。见他时，我真是又惊又喜。当他把我从一间放满了兰草与茉莉的花房里引过，走进我哥哥住的一间大房里去，安置我在火盆边大椅木椅上坐下时，我一开口就说：

“××，××，你还活在这儿，我以为你在上海早被人打死了！”

他有点害羞似的微笑了，一面倒茶一面却轻轻地说：

“打不死，日晒雨淋吃小米苞谷长大的人，不轻易打死啊！”

我说：“我早知道你打不死，而且你还打死了人。我一切知道。（说到这里时，我装成一切清清楚楚的神气。）你逃了，我明白你是什么诡计。你为的是不愿意跟在我身边好好读书，只想落草为王，故意生事逃走。可是你害得我们多难受！那教你算学的长胡子先生，自从你失踪后，他在上海各处托人打听你，奔跑了三天，为你差点儿不累倒！”

“那山羊胡子先生找我吗？”

“什么，‘山羊胡子先生’！”这字眼儿真用得不雅相，不斯文。被他那么一说，我预备要说的话也接不下去了。

可是我看看他那双大手以及右手腕上那个夹金表，就明白我如今正是同一个大兵说话，并不是同四年前那个“虎雏”说话了。我错了。得纠正自己，于是我模仿粗暴笑了一下，且学做军官们气魄向他说：

“我问你，你为什么打死了人，怎么又逃了回来？不许瞒我一个字，全为我好好说出来！”

他仍然很害羞似的微笑着，告给我那件事情的一切经过。旧事重提，显然在他这种人并不什么习惯，因此不多久，他就把话改到目前一切来了。他告我上一个月在铜仁[1]方面的战事，本军死了多少人。且告我乡下种种情形，家中种种情形。谈了大约一点钟，我那哥哥穿了他新做的宝蓝缎面银狐长袍，夹了一大卷京沪报纸，口中嘘嘘吹着奇异调门，从军官朋友家里谈论政治回来了，我们的谈话方始中断。

到我生长那个石头城苗乡里去，我的路程尚应当有四个日子，两天坐原来那只小船，两天还得坐了小而简陋的山轿，走一段长长的山路。在船上虽一切陌生，我还可以用点钱使划船人同我亲热起来。而且各个码头吊脚楼的风味，永远又使我感觉十分新鲜。至于这样严冬腊月，坐两整天的轿子，路上过关越卡，且得经过几处出过杀人流血案子的地方，第一个晚上，又必须在一个最坏的站头上歇脚，若没个熟人，可真有点儿麻烦了。吃晚饭时，我向我那个哥哥提议，借这个副爷送我一趟。因此第二天上路时，这小豹子就同我一起上了路。临行时哥哥别的不说，只嘱咐他“不许同人打架”。看那样子，就可知道“打架”还是这个年轻人唯一的行业。

在船上我得了同他对面谈话的方便，方知道他原来八岁里就用石头从高处砸坏了一个比他大过五岁的敌人，上海那件事发生时，在他面前倒下的，算算已是第三个了。近四年来因为跟随我

---

① 铜仁，地名，属贵州省，与湘西比邻。

那上校弟弟驻防溆浦，派归特务队服务，于是在正当决斗情形中，倒在他面前的敌人数目比从前又增加了一倍。他年纪到如今只十八岁，就亲手放翻了六个敌人，而且照他说来，敌人全超过了他一大把年龄。好一个漂亮战士！这小子大致因为还有点怕我，所以在我面前还装得怪斯文，一句野话不说，一点蛮气不露，单从那样子看来，我就不很相信他能同什么人动手，而且一动手必占上风。

船上他一切在行，篙桨皆能使用，做事时伶便敏捷，似乎比那个小水手还得力。船搁了浅，弄船人无法可想，各跳入急水中去扛船时，他也就把上下衣服脱得光光的，跳到水中去帮忙。（我得提一句，这是十二月！）

照风气，一个体面军官的随从，应有下列几样东西：一个奇异牌的手电灯、一枚金手表、一支匣子炮。且同上司一样，身上军服必异常整齐。手电灯用来照路，内地真少不了它。金手表则当军官发问："护兵，什么时候了？"就举起手腕一看来回答。至于匣子炮，用处自然更多了。我那弟弟原是一个射击选手，每天出野外去，随时皆有目标啪地来那么一下。有时自己不动手，必命令勤务兵试试看。（他们每次出门至少得耗去半夹子弹。）但这小豹子既跟在我身边，带枪上路除了惹祸可以说毫无用处。我既不必防人刺杀，同时也无意打人一枪，故临行时我不让他佩枪，且要他把军服换上一套爱国呢中山服。解除了武装，看样子，他已完全不像个军人，只近于一个好弄喜事的中学生了。

我不曾经提到过，我这次回来，原是翻阅一本用人事组成的历史吗？当他跳下水去扛船时，我记起四年前他在上海与我同住的情形。当时我曾假想他过四年后能入大学一年级。现在呢，这个人却正同船上水手一样，为了帮水手忙扛船不动，又湿淋淋地攀着船舷爬上了船，捏定篙子向急水中乱打，且笑嘻嘻地大声喊嚷。我在船舱里静静地望着他，我心想：幸好我那荒唐打算有了岔儿，既不曾把他的身体用学校固定，也不曾把他的性灵用书本固定。这人一定要这样发展才像个人！他目前一切，比起住在城里大学校的大学生，开运动会时在场子中呐喊吆喝两声，饭后打打球，开学日集合好事同学通力合作折磨折磨新学生，派头可来得大多了。

等到船已挪动水手皆上了船时，我喊他：

“××，××，唉唉，你不冷吗？快穿起你的衣来！”

他一面舞动手中那支篙子，一面却说：

“冷呀，我们在辰州前些日子还邀人泅过大河！”

到应吃午饭时，水手无空闲，船上烧水煮饭的事皆完全由他做。

把饭吃过后，想起临行时哥哥嘱咐他的话，要他详详细细地来告给我那一点把对手放翻时的“经验”，以及事前事后的“感想”。“故事”上半天已说过了，我要明白的只是那些故事对于他本人的“意义”。我在他那种叙述上，我敢说我当真学了一门稀奇的功课。

他的坦白，他的口才，皆帮助我认识一个人一颗心在特殊环境下所有的式样。他虽一再犯罪却不应受何种惩罚。他并不比他的敌人如何强悍，不过只是能忍耐，知等待机会，且稍稍敏捷准确一点儿罢了。当他被一个人欺侮时，他并不即刻发动，他显得很老实、沉默，且常常和气地微笑。“大爷，你老哥要这样还有什么话说吗？谁敢碰你老哥？请老哥海涵一点……”可是，一会儿，“小宝”嗖地抽出来，或是一板凳一柴块打去，这“老哥”在措手不及情形中，哽了一声便被他弄翻了。完事后必须跑的自然就一跑，不管是税卡，是营上，或是修械厂，到一个新地方，住在棚里闲着，有什么就吃什么，不吃也饿得起，一见别人做事，就赶快帮忙去做，用勤快溜刷引起头目的注意。直到补了名字，因此把生活又放在一个新的境遇新的门路上当作赌注押去。这个人打去打来总不离开军队，一点生存勇气的来源却亏得他家祖父是个为国殉职的游击。“将门之子”的意识，使他到任何境遇里皆能支撑能忍受。他知道游击同团长名分差不多，他希望做团长。他记得一句格言：“万丈高楼平地起”，他因此永远能用起码名分在军队里混。

对于这个人的性格我不稀奇，因为这种性格从三厅[1]屯垦军子弟中随处可以发现。我只稀奇他的命运。

小船到辰河著名的“箱子岩”上游一点，河面起了风，小船

---

① 三厅，即清所置凤凰、乾城、永绥三个直隶厅的总称。为防苗族“叛乱”，清政府派绿营兵于三厅屯垦戍守。

拉起一面风帆，在长潭中溜去。我正同他谈及那老游击在台湾与日本人作战殉职的遗事，且劝他此后忍耐一点，应把生命押在将来对外战争上，不宜于仅为小小事情轻生决斗。想要他明白私斗一则不算角色，二则妨碍事业。见他把头低下去，长长地放了一口气，我以为所说的话有了点儿影响，心中觉得十分快乐。

经过一个江村时，有个跑差军人身穿军服斜背单刀正从一只方头渡船上过渡，一见我们的小船，装载极轻，走得很快，就喊我们停船，想搭便船上行。船上水手知道包船人的身份，就告给那军人，说不方便，不能停船。

赶差军人可不成，非要我们停船不可。说了些恐吓话，水手还是不理会。我正想告给水手要他收帆停船，渡那个军人搭坐搭坐，谁知那军人性急火大，等不得停船，已大声辱骂起来了。小豹子原蹲在船舱里，这时方爬出去打招呼：

“弟兄，弟兄，对不起，请不要骂！我们船小，也得赶路，后面有船来，你搭后面那一只船吧。”

那一边看看船上是一个中学生样子人物，就说：

“什么对不起，赶快停停！掌舵的，你不停船我×你的娘，到码头时我要用刀杀你这狗杂种！”

那个掌艄人正因为风紧帆饱，一面把帆绳拉着，一面就轻轻地回骂：“你杀我个鸡公，我怕你！”

小豹子却依然向那军人很和气地说：“弟兄，弟兄，你不要骂人！全是出门人，不要骂人！”

“我要骂人怎么样？我骂你，我就骂你，……你到码头等我！”

我担心这口舌，便喊叫他：“××！”

小豹子被那军人折辱了，似乎记起我的劝告，一句话不说，摇摇头，默然钻进了船舱里。只自言自语地说：“开口就骂人，不停船就用刀吓人，真丢我们军人的丑。”

那时节跑差军人已从渡船上了岸，还沿河追着我们的小船大骂。

我说：“××，你同他说明白一下好些，他有公事我们有私事，同是队伍里的人，请他莫骂我们莫追我们。”

“不讲道理让他去，不管他。他疑心这小船上有女人，以为我们怕他！”

小船挂帆走风，到底比岸上人快一些，一会儿，转过山岨时，那个军人就落后了。

小船停到××时，水手全上岸买菜去了，小豹子也上岸买菜去了，各人去了许久方回来。把晚饭吃过后，三个水手又说得上岸有点事，想离开船，小豹子说：

“你们怕那个横蛮兵士找来，怕什么？不要走，一切有我！这是大码头，有部队驻扎到这里，凡事得讲个道理。”

几个船上人虽分辩着，仍然一同匆匆上岸去了。

到了半夜水手们还不回来睡觉，我有点儿担心，小豹子只是笑。我说：

“几个人会被那横蛮军人打了，××，你上去找找看！”

他好像很有把握笑着说：“让他们去，莫理他们。他们上烟馆同大脚妇人吃荤烟去了，不会挨打。”

“我担心你同那兵士打架，惹了祸真麻烦我。”

他不说什么，只把手电灯照他手上的金表，大约因为表停了，轻轻地骂了两句野话。待到三个水手回转船上时，已半夜过了。

第二天一早，天还未大明，船还不开头，小豹子就在被中咕喽咕喽笑。我问他笑些什么，他说：

“我夜里做梦，居然被那横蛮军人打了一顿。”

我说：“梦由心造，明明白白是你昨天日里想打他，所以做梦就挨打。”

那小豹子睡眼迷蒙地说：“不是日里想打他，只是昨天煞黑时当真打了那家伙一顿！”

“当真吗？你不听我话，又闹乱子打架了吗？”

“哪里哪里，我不说同谁打什么架！”

“你自己承认的，我面前可说谎不得！你说谎我不要你跟我。”

他知道他露了口风，把话说走，就不再作声了，咕咕笑将起来。原来昨天上岸买菜时，他就在一个客店里找着了那军人，把那军人嘴巴打歪，并且差一点儿把那军人膀子也弄断了。我方明白他昨天上岸买菜去了许久的理由。

常德的船

常德就是武陵，陶潜的《搜神后记》[1]上《桃花源记》说的渔人老家，应当摆在这个地方。德山在对河下游，离城市二十余里，可说是当地唯一的山。汽车也许停德山站，也许停县城对河另一站。汽车不必过河，车上人却不妨过河，看看这个城市的一切。地理书上告给人说这里是湘西一个大码头，是交换出口货与入口货的地方。桐油、木料、牛皮、猪肠子和猪鬃毛，烟草和水银，五倍子和鸦片烟，由川东、黔东、湘西各地用各色各样的船只装载到来，这些东西是全得由这里转口，再运往长沙武汉的。子盐、花纱、布匹、洋货、煤油、药品、面粉、白糖，以及各种轻工业日用消耗品和必需品，又由下江轮驳运到，也得从这里改装，再用那些大小不一的船只，分别运往沅水各支流上游大小码头去卸货的。市上多的是各种庄号。各种庄号上的坐庄人，便在这种情形下成天如一个磨盘，一种机械，为职务来回忙。邮政局

①《搜神后记》，志怪小说集，传为东晋陶潜作。

的包裹处，这种人进出最多。长途电话的营业处，这种坐庄人是最大主顾。酒席馆和妓女的生意，靠这种坐庄人来维持。

除了这种繁荣市面的商人，此外便是一些寄生于湖田的小地主，做过知县的小绅士，各县来的男女中学生，以及外省来的参加这个市面繁荣的掌柜、伙计、乌龟、王八。全市人口过十万，街道延长近十里，一个过路人到了这个城市中时，便会明白这个湘西的咽喉，真如所传闻，地方并不小。可是却想不到这咽喉除吐纳货物和原料以外还有些什么东西。做这种吐纳工作，责任大，工作忙，性质杂，又是些什么人。假若一旦没有了他们，这城市会不会忽然成为河边一个废墟？这种人照例触目可见，水上城里无一不可以碰头，却又最容易为旅行者所疏忽。我想说的是真正在控制这个咽喉，支配沅水流域的几万船户。

这个码头真正值得注意令人惊奇处，实在也无过于船户和他所操纵的水上工具了。要认识湘西，不能不对他们先有一种认识。要欣赏湘西地方民族特殊性，船户是最有价值材料之一种。

一个旅行者理想中的武陵，渔船应当极多。到了这里一看，才知道水面各处是船只，可是却很不容易发现一只渔船。长河两岸浮泊的大小船只，外行人一眼看去，只觉得大同小异。事实上形制复杂不一，各有个性，代表了各个地方的个性。让我们从这方面来多知道一点点，对于我们也许有些便利处。

船只最触目的三桅大方头船，这是个外来客，由长江越湖来的，运盐是它主要的职务，它大多数只到此为止，不会向沅水上游走去。普通人叫它作“盐船”，名实相副。船家叫它作“大鳅鱼头”，《金陀粹编》[1]上载岳飞在洞庭湖水擒杨幺故事，这名字就见于记载了，名字虽俗，来源却很古。这种船只大多数是用乌油漆过，所以颜色多是黑的。这种船按季候行驶，因为要大水大风方能行动。杜甫诗上描绘的“荡荡万斛船，影若扬白虹”，也许指的就是这种水上东西。

比这种盐船略小，有两桅或单桅，船身异常秀气，头尾忽然收敛，令人入目起尖锐印象，全身是黑的，名叫“乌江子”。它的特长是不怕风浪，运粮食越湖。它是洞庭湖上的竞走选手。形体结构上的特点是桅高、帆大、深舱、锐头。盖舱篷比船身小，因为船舷外还有护舱板。弄船人同船只本身一样，一看很干净，秀气斯文。行船既靠风，上下行都使帆，所以帆多整齐，船上用的水手不多，仅有的水手会拉篷、摇橹、撑篙，不会荡桨——这种船上便不常用桨。放空船时妇女还可代劳掌舵。这种船间或也沿河上溯，数目极少，船身材料薄，似不宜于冒险。这种船在沅水流域也算是外来客。

在沅水流域行驶，表现得富丽堂皇、气象不凡，可称为巨无霸的船只，应当数“洪江油船”。这种船多方头高尾，颜色鲜明，间或且有一点金漆装饰。尾艄有舵楼，可以安置家眷。大船

①《金陀粹编》，一部有关岳飞传记资料的汇编，编者为南宋人岳珂。

下行可载三四千桶桐油，上行可载两千件棉花，或一票食盐。用橹手二十六人到四十人，用纤手三十人到六七十人。必待春水发后方上下行驶，路线系往返常德和洪江。每年水大至多上下三五回，其余大多时节都在休息中，成排结队停泊河面，俨然是河上的主人。船主照例是麻阳人，且照例姓滕，善交际，礼数清楚。常与大商号中人拜把子，攀亲家。行船时站在船后檀木舵把边，庄严中带点从容不迫神气，口中含了个竹马鞭短烟管，一面看水，一面吸烟。遇有身份的客人搭船，喝了一杯酒后，便向客人一五一十叙述这只油船的历史，载过多少有势力的军人、阔佬，或名驰沅水流域的妓女。换言之，就是这只船与当地“历史”发生多少关系！这种船只上的一切东西，无一不巨大坚实。船主的装束在船上时看不出什么特别处，上岸时却穿长袍（下脚过膝三四寸），罩青羽绫马褂，戴呢帽或小缎帽，佩小牛皮抱肚，用粗大银链系定，内中塞满了银圆。穿生牛皮靴子，走路时踏得很重。个子高高的，瘦瘦的。有一双大手，手上满是黄毛和青筋。会喝酒、打牌，且豪爽大方，吃花酒应酬时，大把银圆钞票从抱肚掏出，毫不吝啬。水手多强壮勇敢，眉目精悍，善唱歌、泅水、打架、骂野话。下水时如一尾鱼，上岸接近妇人时像一只小公猪。白天弄船，晚上玩牌，同样做得极有兴致。船上人虽多，却各有所事，从不紊乱。舱面永远整洁如新。拔锚开头时，必擂鼓敲锣，在船头烧纸烧香，煮白肉祭神，燃放千子头鞭炮，表示人神和乐，共同帮忙，一路福星。在开船仪式与行船歌声中，使人想起两千年前《楚辞》发生的原因，现在还好好地保留下来，今古如一。

比洪江油船小些，形式仿佛也较笨拙些（一般船只用木板做成，这种船竟像用木柱做成），平头大尾，一望而知船身十分坚实，有斗拳师的神气，名叫“白河船”。白河即酉水的别名。这种船只即行驶于沅水由常德到沅陵一段，酉水由沅陵到保靖一段。酉水滩流极险，船只必经得起磕撞。船只必载重方能压浪，因此尾部如臀，大而圆。下行时在船头缚大木桡两把，木桡的用处是船只下滩，转头时比舵切于实际。照水上人俗谚说“三桨不如一篙，三橹不如一桡”（桡读作招）。酉水浅而急，不常用橹，篙桨用处多，因此篙多特别长大，桨较粗硕，肥而短。船篷用棕子叶编成，不涂油。船主多永顺保靖人，姓向姓王姓彭占多数。酉水河床窄，滩流多，为应付自然，弄船人所需要的勇敢能耐也较多。行船时常用相互诅骂代替共同唱歌，为的是受自然限制较多，脾气比较坏一点。酉水是传说中古代藏书洞穴所在地，多的是高大宏敞，充满神秘的洞穴。由沅陵起到酉阳止，沿酉水流域的每个县分总有几个洞穴。可是如沅陵的大酉洞、保靖的狮子洞、酉阳的龙洞，这些洞穴纵有书籍也早已腐烂了。到如今这条河流最多的书应当是宝庆纸客贩卖的石印本历书，每一条船上照例都有一本皇历。船家禁忌多，历书是他们行动的宝贝。河水既容易出事情，个人想减轻责任，因此凡事都俨然有天做主，由天处理，照书行事，比较心安，也少纠纷。酉水流域每个县分的船只，在形式上又各不相同，不过这些小船不出白河，在常德能看到的白河油船，形体差不多全是一样。

沅水中部的辰溪县，出白石灰和黑煤，运载这两种东西的本地船叫作“辰溪船”，又名“广舶子”。它的特点和上述两种船只比较起来，显得材料脆薄而缺少个性。船身多是浅黑色，形状如土布机上的梭子，款式都不怎么高明。下行多满载这些不值钱的货物，上行因无回头货便时常放空。船身脏，所运货物又少时间性，满载下驶，危险性多，搭客不欢迎，因之弄船人对于清洁时间就不甚关心。这种船上的席篷照例是不大完整的，布帆是破破碎碎的，给人印象如一个破落户。弄船人因闲而懒，精神多显得萎靡不振。

洞河（即泸溪）发源于乾城苗乡大小龙洞和凤凰苗乡乌巢河。两条小河在乾城县的所里市相汇。向东流，到泸溪县，方和沅水同流。在这条河里的船就叫“洞河船”。河源由苗乡梨林地方两个洞穴中流出，河床是乱石底子，所以水质特别清，水性特别猛。船身必须从撞磕中挣扎，河身既小，船身也较轻巧。船舷低而平，船头窄窄的。在这种船上水手中，我们可以发现苗人。不过见着他时我们不会对他有何惊奇，他也不会对我们有何惊奇。这种人一切和别的水上人都差不多，所不同处，不过是他那点老实、忠厚、纯朴、戆直性情——原人的性情，因为住在山中，比城市人保存得多点罢了。乾城人极聪明文雅，小手小脚小身材，唱山歌时嗓子非常好听，到码头边时可特别沉默安静。船只太小了，不常有机会到这大码头边靠船。这种船停泊在河面时似乎很羞怯，正如水手们上街时一样羞怯。

乾城用所里作本县吐纳货物的水码头。地方虽不大，小小石头城却很整齐干净，且出了几个近三十年来历史上有名姓的人物。段祺瑞时代的陆军总长傅良佐将军，是生长在这个小县城里的。东北军宿将，国内当前军人中称战术权威的杨安铭将军，也是这地方人。

在河上显得极活动，极有生气，而且数量极多的，是普通的中型“麻阳船”。这种船头尾高举，秀拔而灵便。这种船只的出处是麻阳河（即辰溪）。每只船上都可见到妇人、孩子、童养媳，弄船人一面担负商人委托的事务，一面还担负上帝派定的工作，两方面都异常称职。沅水流域的转运事业，大多数由这地方人支配，人口繁荣的结果，且因此在常德城外多了一条麻阳街。“一切成功都必须争斗”，这原则也可用作麻阳街的说明。据传说，这条街是个姓滕的水手双拳打出来的。我们若有兴趣特意到那条街上走走，可知道开小铺子的、做理发店生意的、卖船上家伙的、经营皮肉生涯的，全是麻阳人，我们就会明白，原来参加这种争斗，每人都有一份。麻阳人的精力绝伦处，或者与地方出产有点关系。麻阳出各种橘子，糯米亦极好，做甜酒特别相宜。人口加多，船只也越来越多，因此沅水水面的世界，一大半是麻阳人的。大凡船只停靠处，都有叫乡亲的麻阳人。乡亲所得的便利极多，平常外乡人，坐船时于是都叫麻阳人作“乡亲”。乡亲的特点是面目精悍而性情快乐，做水手的都能吃、能做、能喝、能打架。船主上岸时必装扮成为一个小乡绅，如驾洪江油船的大老板一样穿袍穿褂，着生牛皮盘云长统钉靴，戴有皮封耳的毡帽或博士帽，手指套上分量沉重的金戒指，皮抱肚里装上许多大洋钱，短烟管上悬个老虎爪子，一端还镶包一片镂花银皮。见人就请教仙乡何处，贵府贵姓。本人大多数姓滕，名字“代富”“宜贵”。对三十年来的本省政治，比起任何地方船主都熟悉，都关心。欢喜讲礼教、臧否人物，且善于称引经典格言和当地俗谚，作为谈天时章本。恭维客人时必从恭维上增多一点收入，被客人恭维时便称客人为“知己”，笑嘻嘻地请客人喝酒。妇女在船上不特对于行船毫无妨碍，且常常是一个好帮手。妇女多壮实能干，大脚大手，善于生男育女。

麻阳人中另外还有一双值得称赞的手，在湘西近百年实无匹敌，在国内也是一个少见的艺术家，是塑像师张秋潭那双手。

在常德水码头船只极小，漂浮水面如一片叶子，数量之多如淡干鱼，是专载客人用的“桃源划子”。木商与烟贩，上下办货的庄客，过路的公务员，放假的男女学生，同是这种小船的主顾。船身既轻小，上下行的速度较之其他船只快过一倍，下滩时可从边上小急流走，决不会出事。在平潭中且可日夜赶程，不会受关卡留难。因此在有公路以前，这种小小船只实为沅水流域交通利器。弄船人工作不需如何紧张，开销又少，收入却较多。装载客人且多阔佬，同时桃源县人的性格又特别随和（沅水一到桃源后就变成一片平潭，再无恶滩急流，自然影响到水上人性情很大），所以弄船人脾气就马虎得多。很多是瘾君子，白天弄船，晚上便靠灯。有些家中人说不定还留在县里，经营一种不必要本钱的职业，分工合作，都不闲散。且能做客人向导，带访桃源洞的客人到所要到的新奇地方去。

在沅水流域上下行驶，停泊到常德码头应当称为“客人”的船只，共有好几种，有从芷江上游黔东玉屏来的，有从麻阳河上游黔东铜仁来的，有从白河上游川东龙潭来的。玉屏船多就洪江转口，下行不多。龙潭船多从沅陵换货，下行不多。“铜仁船”装油碱下行的，有些庄号在常德，所以常直放常德。船只最引人注意处是颜色黄明照眼，式样轻巧，如竞赛用船。船头船尾细狭而向上翘举，舱底平浅，材料脆薄，给人视觉上感到灵便与愉快，在形式上可谓秀雅绝伦。弄船人语言清婉，装束素朴，有些水手还穿齐膝的长衣，裹白头巾，风度整洁和船身极相称。船小而载重，故下行时船舷必缚茅束挡水。这种船停泊河中，仿佛极其谦虚，一种做客应有的谦虚。然而比同样大小的船只都整齐，一种做客不能不注意的整齐。

此外常德河面还有一种船只，数量极多，有的时常移动，有的又长久停泊。这些船的形式一律是方头、方尾、无桅、无舵。用木板做舱壁，开小小窗子，木板做顶。有些当作船主的金屋，有些又做逋逃者的窟穴。船上有招纳水手客人的本地土娼，有卖烟和糖食、小吃、猪蹄子、粉面的生意人。此外算命卖卜的，圆光关亡的，无不可以从这种船上发现。船家做寿成亲，也多就方便借这种水上公馆举行。因此，一遇黄道吉日，总是些张灯结彩，响器声、弦索声、大小炮仗声、划拳歌呼声，点缀水面热闹。

常德县城本身也就类乎一只旱船，女作家丁玲、法律家戴修瓒、国学家余嘉锡，是这只旱船上长大的。较上游的河堤比城中高得多。涨水时水就到了城边，决堤时城四围便是水了。常德沿河的长街，街市上大小各种商铺，不下数千家，都与水手有直接关系。杂货店铺专卖船上用件及零用物，可说是它们全为水手而预备的。至如油盐、花纱、牛皮、烟草等等庄号，也可说水手是为它们而有的。此外如茶馆、酒馆和那经营最素朴职业的户口，水手没有它不成，它没水手更不成。

常德城内一条长街，铺子门面都很高大（与长沙铺子大同小异近于夸张），木料不值钱，与当地建筑大有关系。地方滨湖，河堤另一面多平田泽地，产鱼虾、莲藕，因此鱼栈莲子栈延长了长街数里。多清真教门，因此牛肉特别肥鲜。

常德沿沅水上行九十里，才到桃源县，再上行二十五里，方到桃源洞。千年前武陵渔人如何沿溪走到桃花源，这路线尚无好事的考古家说起。现在想到桃源访古的风雅人，大多数只好坐公共汽车去，到过了桃源，兴趣也许在彼而不在此，留下印象较深刻的东西，不是那个传说的洞穴，倒是另外一些传说所不载的较新洞穴。在桃源县想看到老幼黄发垂髫，怡然自乐的光景，并不容易。不过或者因为历史的传统，地方人倒很和气，保存一点古风。也知道欢迎客人，杀鸡作黍，留客住宿。虽然多少得花点钱，数目并不多。可是一个旅行者应当知道，这些人赠送游客的礼物，有时不知不觉太重了点，最好倒是别大意，莫好奇，更不要因为记起宋玉所赋的高唐神女①，刘晨阮肇天台所遇的仙女，想从经验中去证实故事。换言之，不妨学个“老江湖”，少生事！当地纵多神女仙女，可并不是为外来读书人游客预备的，沅水流域的木竹筏商人是唯一受欢迎者。好些极大的木竹筏，到桃源后不久就无影无踪不见了，照俚话所说，是“进了桃源的洞穴”的。

政治家宋教仁，老革命党覃振②，同是桃源县人。桃源县有个省立第二女子师范学校，五四运动谈男女解放平等，最先要求男女同校，且实现它，就是这个学校的女学生。

---

① 高唐神女，相传楚怀王游高唐，梦见巫山神女事。

② 覃振，早年加入同盟会，辛亥革命后曾任黎元洪执政时的秘书长、国会议员；后为“西山会议派”成员。宁汉合流后，曾任国民党立法院副院长。

沅陵的人

由常德到沅陵，一个旅行者在车上的感触，可以想象得到，第一是公路上并无苗人，第二是公路上很少听说发现土匪。

公路在山上与山谷中盘旋转折虽多，路面却修理得异常良好，不问晴雨都无妨车行。公路上的行车安全的设计，可看出负责者的最大努力。旅行的很容易忘了车行的危险，乐于赞叹自然风物的美秀。在自然景致中见出宋院画[①]的神采奕奕处，是太平铺过河时入目的光景。溪流萦回，水清而浅，在大石细沙间漱流。群峰竞秀，积翠凝蓝，在细雨中或阳光下看来，颜色真无可形容。山脚下一带树林，一些俨如有意为之布局恰到好处的小小房子，绕河洲树林边一湾溪水，一道长桥，一片烟。香草山花，随手可以掇拾。《楚辞》中的山鬼[②]、云中君[③]，仿佛如在眼前。

---

① 宋院画，即宋代院体画，宋翰林图画院及其后宫廷画家的绘画。多以花鸟山水宗教为题材，讲究法度，风格华丽。

② 山鬼，屈原《九歌》中神名，系山神。

③ 云中君，屈原《九歌》中神名，系云神。

上官庄的长山头时，一个山接一个山，转折频繁处，神经质的妇女与懦弱无能的男子，会不免觉得头目晕眩。一个常态的男子，便必然对于自然的雄伟表示赞叹，对于数年前裹粮负水来在这高山峻岭修路的壮丁，更表示敬仰和感谢。这是一群没灭无闻沉默不语真正的战士！每一寸路都是他们流汗做成的。他们有的从百里以外小乡村赶来，沉沉默默地在派定地方担土、打石头，三五十人弓着腰肩共同拉着个大石滚子碾压路面，淋雨，挨饿，忍受各式各样虐待，完成了分派到头上的工作。把路修好了，眼看许多许多的各色各样稀奇古怪的物件吼着叫着走过了，这些可爱的乡下人，知道事情业已办完，笑笑的，各自又回转到那个想象不到的小乡村里过日子去了。中国几年来一点点建设基础，就是这种无名英雄做成的。他们什么都不知道，可是所完成的工作却十分伟大。

单从这条公路的坚实和危险工程看来，就可知道湘西的民众，是可以为国家完成任何伟大理想的。只要领导有人，交付他们更困难的工作，也可望办得很好。

看看沿路山坡桐茶树木那么多，桐茶山整理那么完美，我们且会明白这个地方的人民，即或无人领导，关于求生技术，各凭经验在不断努力中，也可望把地面征服，使生产增加。

只要在上的不过分苛索他们，鱼肉他们，这种勤俭耐劳的人民，就不至于铤而走险发生问题。可是若到任何一个停车处，试同附近乡民谈谈，我们就知道那个“过去”是种什么情形了。任何捐税，乡下人都有一份，保甲在糟蹋乡下人这方面的努力，成绩真极可观！然而促成他们努力的动机，却是照习惯把所得缴一半，留一半。然而负责的注意到这个问题时，就说“这是保甲的罪过”，从不认为是当政的耻辱。负责者既不知如何负责，因此使地方进步永远成为一种空洞的理想。

然而这一切都不妨说已经成为过去了。

车到了官庄交车处，一列等候过山的车辆，静静地停在那路旁空阔处，说明这公路行车秩序上的不苟。虽在军事状态中，军用车依然受公路规程辖制，不能占先通过，此来彼往，秩序井然。这条公路的修造与管理统由一个姓周的工程师负责。

车到了沅陵，引起我们注意处，是车站边挑的、抬的、负荷的、推挽的，全是女子。凡其他地方男子所能做的劳役，在这地方统由女子来做。公民劳动服务也还是这种女人。公路车站的修成，就有不少女子参加。工作既敏捷，又能干。女权运动者在中国二十年来的运动，到如今在社会上露面时，还是得用“夫人”名义来号召，并不以为可羞。而且大家都集中在大都市，过着一种腐败生活。比较起这种女劳动者把流汗和吃饭打成一片的情形，不由得我们不对这种人充满尊敬与同情。

这种人并不因为终日劳作就忘记自己是个妇女，女子爱美的天性依然还好好保存。胸口前的扣花装饰，裤脚边的扣花装饰，是劳动得闲在茶油灯光下做成的。（围裙扣花工作之精和设计之巧，外路人一见无有不交口称赞。）这种妇女日常工作虽不轻松，衣衫却整齐清洁。有的年纪已过了四十岁，还与同伴竞争兜揽生意。两角钱就为客人把行李背到河边渡船上，跟随过渡，到达彼岸，再为背到落脚处。外来人到河码头渡船边时，不免十分惊讶，好一片水！好一座小小山城！尤其是那一排渡船，船上的水手，一眼看去，几乎又全是女子。过了河，进得城门，向长街走走，就可见到卖菜的，卖米的，开铺子的，做银匠的，无一不是女子。再没有另一个地方女子对于参加各种事业，各种生活，做得那么普遍，那么自然了。看到这种情形时，真不免令人发生疑问：一切事几几乎都由女子来办，如《镜花缘》一书上的女儿国现象了。本地方的男子，是出去打仗，还是在家纳福看孩子？

不过一个旅行者自觉已经来到辰州时，兴味或不在这些平常问题上。辰州地方是以辰州符驰名的，辰州符的传说奇迹中又以赶尸著闻。公路在沅水南岸，过北岸城里去，自然盼望有机会弄明白一下这种老玩意儿。

可是旅行者这点好奇心会受打击，多数当地人对于辰州符都莫名其妙，且毫无兴趣，也不怎么相信。或许无意中会碰着一个“大”人物，体魄大，声音大，气派也好像很大。他不是姓张，就是姓李，（他应当姓李！）会告你辰州符的灵迹，就是用刀把一只鸡颈脖扎断，把它重新接上，噀一口符水，向地下抛去，这只鸡即刻就会跑去，撒一把米到地上，这只鸡还居然赶回来吃米！你问他：“这事曾亲眼见过吗？”他一定说：“当真是眼见的事。”或许慢慢地想一想，你便也会觉得同样是在什么地方亲眼见过这件事了。原来五十年前的什么书上，就这么说过的。这个大人物是当地著名会说大话的。世界上事什么都好像知道得清清楚楚，只不大知道自己说话是假的还是真的？是书上有的，还是自己造作的？多数本地人对于“辰州符”是个什么东西，照例都不大明白的。

对于赶尸传说呢？说来实在动人。凡受了点新教育，血里骨里还浸透原人迷信的新绅士，想满足自己的荒唐幻想，到这个地方来时，总有机会温习一下这种传说。绅士、学生、旅馆中人，俨然因为生在当地，便负了一种不可避免的义务，又如为一种天赋幽默同情心所激发，总要把它的神奇处重述一番。或说朋友亲戚曾亲眼见过这种事情，或说曾有谁被赶回来。其实他依然和客人一样，并不明白，也不相信，客人不提起，他是从不注意这个问题的。客人想“研究”它（我们想得出有许多人是乐于研究它的），最好还是看《奇门遁甲》，这部书或者对他有一点帮助，本地人可不会给他多少帮助。本地人虽乐于答复这一类傻不可言的问题，却不能说明这事情的真实性。就中有个“有道之士”，姓阙，当地人通称之为阙五老，年纪将近六十岁，谈天时精神犹如一个小孩子。据说十五岁时就远走云贵，跟名师学习过这门法术。作法时口诀并不稀奇，不过是念文天祥的《正气歌》罢了。死人能走动便受这种歌词的影响。辰州符主要的工具是一碗水；这个有道之士家中神主前便陈列了那么一碗水，据说已经有了三十五年，碗里水减少时就加添一点。一切病痛统由这一碗水解决。一个死尸的行动，也得用水迎面地噀，这水且能由浑浊与沸腾表示预兆，有人需要帮忙或家事吉凶的预兆。登门造访者若是一个读书人，一个教授，他把这一碗水的妙用形容得将更惊心动魄。使他舌底翻莲的原因，或者是他自己十分寂寞，或者是对于客人具有天赋同情，所以常常把书上没有的也说到了。客人要老老实实发问："五老，那你看过这种事了？"他必装作很认真神气说："当然的。我还亲自赶过！那是我一个亲戚，在云南做官，死在任上，赶回湖南，每天为死者换新草鞋三双。到得湖南时，死人脚趾头全走脱了。只是功夫不练就不灵，早丢下了。"至于为什么把它丢下，可不说明。客人目的在表演，主人用意在故神其说，末后自然不免使客人失望。不过知道了这玩意儿是读《正气歌》作口诀，同儒家居然有关系时，也不无所得。关于赶尸的传说，这位有道之士可谓集其大成，所以值得找方便去拜访一次，他的住处在上西关，一问即可知道。可是一个读书人也许从那有道之士服尔泰[①]风格的微笑，服尔泰风格的言谈，会看出另外一种无声音的调笑："你外来的书呆子，世界上事你知道许多，可是书本不说，另外还有许多就不知道了。用《正气歌》赶走了死尸，你充满好奇的关心，你这个活人，是被什么邪气歌赶到我这

① 服尔泰，即伏尔泰，法国启蒙思想家、作家、哲学家。

里来？”那时他也许正坐在他的杂货铺里面（他是隐于医与商的），忽然用手指着街上一个长头发的男子说：“看，疯子！”那真是个疯子，沅陵地方唯一的疯子。可是他的语气也许指的是你拜访者。你自己试想想看，为了一种流行多年的荒唐传说，充满了好奇心来拜访一个透熟人生的人，问他死了的人用什么方法赶上路，你用意说不定还想拜老师，学来好去外国赚钱出名，至少也弄得哲学博士回国，在他饱经世故的眼中，你和疯子的行径有多少不同！

这个人的言谈，倒真是一种杰作，三十年来当地的历史，在他记忆中保存得完完全全，说来时庄谐杂陈，实在值得一听。尤其是对于当地人事所下批评，尖锐透入，令人不由得不想起法国那个服尔泰。

至于辰砂的出处，出产地离辰州地还远得很，远在凤凰县的苗乡猴子坪。

凡到过沅陵的人，在好奇心失望后，依然可从自然风物的秀美上得到补偿。由沅陵南岸看北岸山城，房屋接瓦连椽，较高处露出雉堞，沿山围绕；丛树点缀其间，风光入眼，实不俗气。由北岸向南望，则河边小山间、竹园、树木、庙宇、民居，仿佛各个都位置在最适当处。山后较远处群峰罗列，如屏如障，烟云变幻，颜色积翠堆蓝。早晚相对，令人想象其中必有帝子天神，驾螭乘蜺，驰骤其间。绕城长河，每年三四月春水发后，洪江油船颜色鲜明，在摇橹歌呼中连翩下驶。长方形大木筏，数十精壮汉子，各据筏上一角，举桡激水，乘流而下。就中最令人感动处，是小船半渡，游目四瞩，俨然四围是山，山外重山，一切如画。水深流速，弄船女子，腰腿劲健，胆大心平，危立船头，视若无事。同一渡船，大多数都是妇人，划船的是妇女，过渡的也妇女较多，有些卖柴卖炭的，来回跑五六十里路，上城卖一担柴，换两斤盐，或带回一点红绿纸张同竹篾做成的简陋船只，小小香烛。问她时，就会笑笑地回答："拿回家去做土地会。"你或许不明白土地会的意义，事实上就是酬谢《楚辞》中提到的那种云中君——山鬼。这些女子一看都那么和善，那么朴素，年纪四十以下的，无一不在胸前土蓝布或葱绿布围裙上绣上一片花，且差不多每个人都是别出心裁，把它处置得十分美观，不拘写实或抽象的花朵，总那么妥帖而雅相。在轻烟细雨里，一个外来人眼见到这种情形，必不免在赞美中轻轻叹息，天时常常是那么把山和水和人都笼罩在一种似雨似雾使人微感凄凉的情调里，然而却无处不可以见出"生命"在这个地方有光辉的那一面。

外来客自然会有个疑问发生：这地方一切事业女人都有份，而且像只有"两截穿衣"的女子有份，男子到哪里去了呢？

在长街上我们固然时常可以见到一对少年夫妻，女的眉毛俊秀，鼻准完美，穿浅蓝布衣，用手指粗银链系扣花围裙，背小竹笼；男的身长而瘦，英武爽朗，肩上扛了各种野兽皮向商人兜卖，令人一见十分感动。可是这种男子是特殊的。

男子大部分都当兵去了。因兵役法的缺憾和执行兵役法的中间层保甲制度人选不完善，逃避兵役的也多，这些壮丁抛下他的耕牛，向山中走，就去当匪。匪多的原因，外来官吏苛索实为主因。乡下人照例都愿意好好活下去，官吏的老式方法居多是不让他们那么好好活下去。乡下人照例一入兵营就成为一个好战士，可是办兵役的却觉得如果人人都乐于应兵役，就毫无利益可图。土匪多时，当局另外派大部队伍来“维持治安”，守在几个城区，别的不再过问。土匪得了相当武器后，在报复情绪下就是对公务员特别不客气，凡搜刮过多的外来人，一落到他们手里时，必然是先将所有的得到，再来取那个“命”。许多人对于湘西民或匪都留下一个特别蛮悍嗜杀的印象，就由这种教训而来。许多人说湘西有匪，许多人在湘西虽遇匪，却从不曾遭遇过一次抢劫，就是这个原因。

一个旅行者若想起公路就是这种蛮悍不驯的山民或土匪，在烈日和风雪中努力做成的，乘了新式公共汽车由这条公路经过，既感觉公路工程的伟大结实，到得沅陵时，更随处可见妇人如何认真称职，用劳力讨生活，而对于自然所给的印象，又如此秀美，不免感慨系之。这地方神秘处原来在此而不在彼。人民如此可用，景物如此美好，三十年来牧民者来来去去，新陈代谢，不知多少，除认为“蛮悍”外，竟别无发现。外来为官作宦的，回籍时至多也只有把当地久已消灭无余的各种画符捉鬼荒唐不经的传说，在茶余酒后向陌生者一谈。地方真正好处不会欣赏，坏处不能明白。这岂不是湘西的另外一种神秘？

沅陵算是个湘西受外来影响较久较大的地方，城区教会的势力，造成一批吃教饭的人物，蛮悍性情因之消失无余，代替而来的或许是一点青年会办事人的习气。沅陵又是沅水几个支流货物转口处，商人势力较大，以利为归的习惯，也自然很影响到一些人的打算行为。沅陵位置在沅水流域中部，就地形言，自为内战时代必争之地。因此麻阳县的水手，一部分登陆以后，便成为当地有势力的小贩，凤凰县屯垦子弟兵官佐，留下住家的，便成为当地有产业的客居者。慷慨好义，负气任侠，楚人中这类古典的热诚，若从当地人寻觅无着时，还可从这两个地方的男子中发现。一个外来人，在那山城中石板做成的一道长街上，会为一个矮小、瘦弱、眼睛又不明，听觉又不聪，走路时匆匆忙忙，说话时结结巴巴，那么一个平常人引起好奇心。说不定他那时正在大街头为人排难解纷，说不定他的行为正需要旁人排难解纷！他那样子就古怪，神气也古怪。一切像个乡下人，像个官能为嗜好与毒物所毁坏，心灵又十分平凡的人。可是应当找机会去同他熟一点，谈谈天。应当想办法更熟一点，跟他向家里走。（他的家在一个山上。那房子是沅陵住房地位最好，花木最多的。）如此一来，结果你会接触一点很新奇的东西，一种混合古典热诚与近代理性在一个特殊环境特殊生活里培养成的心灵。你自然会“同情”他，可是最好倒是“赞美”他。他需要的不是同情，因为他成天在同情他人，为他人设想帮忙尽义务，来不及接收他人的同情。他需要人“赞美”，因为他那种古典的做人的态度，值得赞美。同时他的性情充满了一种天真的爱好，他需要信托，为的是他值得信托。他的视觉同听觉都毁坏了，心和脑可极健全。凤凰屯垦兵子弟中出壮士，体力胆气两方面都不弱于人。这个矮小瘦弱的人物，虽出身世代武人的家庭中，因无力量征服他人，失去了做军人的资格。可是那点有遗传性的军人气概，却征服了他自己，统制自己，改造自己，成为沅陵县一个顶可爱的人。他的名字叫作“大老爷”，或“大大”[①]，一个古怪到家的称呼。商人、妓女、屠户、教会中的牧师和医生，都这样称呼他。到沅陵去的人，应当认识认识这位大老爷。

沅陵县沿河下游四里路远近，河中心有个洲岛，周围高三四合，名“合掌洲”，名目与情景相称。洲上有座庙宇，名“和尚洲”，也还说得去。但本地的传说，却以为是“和涨洲”，因为水涨河面宽，淹不着，为的是洲随河水起落！合掌洲有个白塔，由顶到根雷劈了一小片，本地人以为奇，并不足奇。河北岸村名黄草尾，人家多在橘柚林里，橘子树白华朱实，宜有小腰白齿出于其间。一个种菜园的周家，生了四个女儿，最小的一个四妹，人都呼为夭妹，年纪十七岁，许了个成衣店学徒，尚未圆亲。成衣店学徒积蓄了整年工钱，打了一副金耳环给夭妹，女孩子就戴了这副金耳环，每天挑菜进东门城卖菜，因为性格好繁华，人长得风流波俏，一个东门大街的人都知道卖菜的周家夭妹。

① 大大，系作者大哥沈云六。

因此县里的机关中办事员、保安司令部的小军佐和商店中小开，下黄草尾玩耍的就多起来了。但不成，肥水不落外人田，有了主子。可是“人怕出名猪怕壮”，夭夭的名声传出去了，水上划船人全都知道周家夭夭。去年（二十六年）冬天一个夜里，忽然来了四百武装喽啰攻打沅陵县城，在城边响了一夜枪，到天明以前，无从进城，这一伙人依然退走了。这些人本来目的也许就只是在城外打一夜枪。其中一个带队的称团长，却带了兄弟伙到夭妹家里去拍门。进屋后别的不要，只把这女孩子带走。

女孩子虽又惊又怕，还是从容地说：“你抢我，把我箱子也抢去，我才有衣服换！”

带到山里去时那团长问：“夭夭，你要死，要活？”

女孩子想了想，轻声地说：“要死，你不会让我死。”

团长笑了：“那你意思是要活了！要活就嫁我，跟我走。我把你当官太太，为你杀猪杀羊请客，我不负你。”

女孩子看看团长，人物实在英俊标致，比成衣店学徒强多了，就说：“人到什么地方都是吃饭。我跟你走。”

于是当天就杀了两个猪、十二只羊、一百对鸡鸭，大吃大喝大热闹，团长和夭妹结婚。女孩子问她的衣箱在什么地方，待把衣箱取来打开一看，原来全是预备陪嫁的！英雄美人，可谓美满姻缘。过三天后，那团长就派人送信给黄草尾种菜的周老夫妇，称岳父岳母，报告夭妹安好，不用挂念。信还是用红帖子写的，词句华而典，师爷的手笔。还同时送来一批礼物！老夫妇无话可说，只苦了成衣店那个学徒，坐在东门大街一家铺子里，一面裁布条子做纽袢，一面垂泪。

这也可说是沅陵县人物之一型。

至于住城中的几个年高有德的老绅士，那倒正像湘西许多县城里的正经绅士一样，在当地是很闻名的，庙宇里照例有这种名人写的屏条，名胜地方照例有他们题的诗词。儿女多受过良好教育，在外做事。家中种植花木，蓄养金鱼和雀鸟，门庭规矩也很好。与地方关系，却多如显克微支[①]在他《炭画》那本书里所说的贵族，凡事取“不干涉主义”。因为名气大，许多不相干的捐款，不相干的公事，不相干的麻烦，不会上门。乐得在家纳福，不求闻达，所以也不用有什么表现。对于生活劳苦认真，既不如车站边负重妇女，生命活跃，也不如卖菜的周家夭妹，然而日子还是过得很好，这就够了。

由沅水下行百十里到沅陵属边境地名柳林岔——就是湘西出产金子，风景又极美丽的柳林岔。那地方过去一时也有个人，很有意思。这个人据说母亲貌美而守寡，住在柳林岔镇上。对河高山上有个庙，庙中住下一个青年和尚，诚心苦修。寡妇因爱慕和尚，每天必借烧香为名去看看和尚，二十年如一日。和尚诚心修苦，不作理会，也同样二十年如一日。儿子长大后，慢慢地知道了这件事。儿子知道后，不敢规劝母亲，也不能责怪和尚，唯恐

---

① 显克微支，波兰作家，1905年获诺贝尔文学奖。

母亲年老眼花，一不小心，就会堕入深水中淹死。又见庙宇在一个圆形峰顶，攀缘实在不容易。因此特意雇定一百石工，在临河悬岩上开辟一条小路，仅可容足，更找一百铁工，制就一条粗而长的铁链索，固定在上面，作为援手工具。又在两山间造一拱石头桥，上山顶庙里时就可省一大半路。这些工作进行时自己还参加，直到完成。各事完成以后，这男子就出远门走了，一去再也不回来了。

这座庙，这个桥，濒河的黛色悬崖上这条人工凿就的古怪道路，路旁的粗大铁链，都好好地保存在那里，可以为过路人见到。凡上行船的纤手，还必须从这条路把船拉上滩。船上人都知道这个故事。故事虽还有另一种说法，以为一切都是寡妇所修的，为的是这寡妇……总之，这是一个平常人为满足他的某种愿心而完成的伟大工程。这个人早已死了，却活在所有水上人的记忆里。传说和当地景色极和谐，美丽而微带忧郁。

沅水由沅陵下行三十里后即滩水连接，白溶、九溪、横石、青浪，……就中以青浪滩最长，石头最多，水流最猛。顺流而下时，四十里水路不过二十分钟可完事，上行船有时得一整天。

青浪滩滩脚有个大庙，名伏波宫，敬奉的是汉老将马援。行船人到此必在庙里烧纸献牲。庙宇无特点，不出奇。庙中屋角树梢栖息的红嘴红脚小小乌鸦，成千累万，遇下行船必飞往接船送船，船上人把饭食糕饼向空中抛去，这些小黑鸟就在空中接着，把它吃了。上行船可照例不光顾。虽上下船只极多，这小东西知道向什么船可发利市，什么船不打抽丰。船夫传说这是马援的神兵，为迎接船只的神兵，照老规矩，凡伤害的必赔一大小相等银乌鸦，因此从不会有人敢伤害它。

几件事都是人的事情。与人生活不可分，却又杂糅神性和魔性。湘西的传说与神话，无不古艳动人。同这样差不多的还很多。湘西的神秘，和民族性的特殊大有关系。历史上楚人的幻想情绪，必然孕育在这种环境中，方能滋长成为动人的诗歌。想保存它，同样需要这种环境。

凤凰

这是从一个作品里摘录出关于凤凰的轮廓。

一个好事的人，若从百年前某种较旧一点的地图上寻找，一定可在黔北、川东、湘西一处极偏僻的角隅上，发现了一个名为“镇筸”的小点。那里同别的小点一样，事实上应有一个城市，在那城市中，安顿了数千户人口的，不过一切城市的存在，大部分皆在交通、物产、经济的情形下面，成为那个城市荣枯的因缘。这一个地方，却以另外意义无所依附而独立存在。将那个用粗糙而坚实巨大石头砌成的圆城作为中心，向四方展开，围绕了这边疆僻地的孤城，约有五百余苗寨，各有千总守备镇守其间。有数十屯仓，每年屯数万石粮食为公家所有。五百左右的碉堡，二百左右的营汛。碉堡各用大石做成，位置在山顶头，随了山岭脉络蜿蜒各处，营汛各位置在驿路上，布置得极有秩序。这些东西是在一百八十年前，按照一种精密的计划，各保持到相当距离，在周围数百里内，平均分配下来，解决了退守一隅常作蠢动的边苗叛变的。两世纪来满清的暴政，以及因这暴政而引起的反抗，血染赤了每一条官道同每一个碉堡。到如今，一切完事了。碉堡多数业已残毁了，营汛多数成为民房了，人民已大半同化了。落日黄昏时节，站到那个巍然独在万山环绕的孤城高处，眺望那些远近残毁碉堡，还可依稀想见当时角鼓火炬传警告急的光景。这地方到今日此时，因为另一军事重心，一切皆以一种迅速的姿势在改变，在进步，同时这种进步，也就正消灭到过去一切……

地方统治者分数种，最上为天神，其次为官，又其次才为村长同执行巫术的神的侍奉者，人人洁身信神，守法爱官。每家俱有兵役，可按月各到营上领取一点银子，一份米粮，且可从官家领取二百年前被政府所没收的公田播种。

这地方本名镇筸城，后改凤凰厅，入民国后，改名凤凰县。清时辰沅永靖兵备道，镇筸镇总兵均驻节此地。辛亥革命后，湘西镇守使，辰沅道，仍在此办公。除屯谷外国家每月约用银八万两经营此小小山城。地方居民不过五六千，驻防各处的正规兵士却有七千。由于环境不同，直到现在其地绿营兵役制度尚保存不废，为中国绿营军制唯一残留之物。

（引自《凤凰子》）

苗子放蛊的传说，由这个地方出发。辰州符的实验者，以这个地方为集中地。三楚子弟的游侠气概，这个地方因屯丁子弟兵制度，所以保留得特别多。在宗教仪式上，这个地方有很多特别处，宗教情绪（好鬼信巫的情绪），因社会环境特殊，热烈专诚到不可想象。湘西之所以成为问题，这个地方人应当负较多责任。湘西的将来，不拘好或坏，这个地方人的关系都特别大。湘西的神秘，只有这一个区域不易了解，值得了解。

它的地域已深入苗区，文化比沅水流域任何一县都差得多，然而民国以来湖南的第一流政治家熊希龄[①]先生，却出生在那个小小县城里。地方可说充满了迷信，然而那点迷信却被历史很巧妙地糅合在军人武德里，因此反而增加了军人的勇敢性与团结性。去年在嘉善守兴登堡国防线抗敌时，作战之沉着，牺牲之壮烈，就见出迷信实无碍于它的军人职务。县城一个完全小学也办不好，可是许多青年却在部队由当过一阵兵后，辗转努力，得入正式大学，或陆军大学，成绩都很好，一些由行伍出身的军人，常识且异常丰富；个人的浪漫情绪与历史的宗教情绪结合为一，便成游侠者精神，领导得人，就可成为卫国守土的模范军人。这种游侠精神若用不得其当，自然也可以见出种种短处。或一与领导者离开，即不免在许多事上精力浪费。甚焉者即糜烂地方，尚不自知。总之，这个地方的人格与道德，应当归入另一型范。由

---

① 熊希龄，光绪年间进士，曾参与维新运动，1913 年出任国务总理，后任红十字中华总会会长。

于历史环境不同，它的发展也就不同。

凤凰军校阶级不独支配了凤凰，且支配了湘西沅水流域二十县。它的弱点与二十年来中国一般军人弱点相似，即知道管理群众，不大知道教育群众。知道管理群众，因此在统治下社会秩序尚无问题。不大知道教育群众，因此一切进步的理想都难实现。地方边僻，且易受人控制，如数年前领导者陈渠珍被何键压迫离职，外来贪污与本地土劣即打成一片，地方受剥削宰割，毫无办法。民性既刚直，团结性又强，领导者如能将这种优点成为一个教育原则，使湘西群众普遍化，人人各有一种自尊和自信心，认为湘西人可以把湘西弄好，这工作人人有份，是每人责任也是每人权利，能够这样，湘西之明日，就大不相同了。

典籍上关于云贵放蛊的记载，放蛊必与仇怨有关，仇怨又与男女事有关。换言之，就是新欢旧爱得失之际，蛊可以应用作争夺工具或报复工具。中蛊者非狂必死，唯系铃人可以解铃。这倒是蛊字古典的说明，与本意相去不远。看看贵州小乡镇上任何小摊子上都可以公开的买红砒，就可知道蛊并无如何神秘可言了。但蛊在湘西却有另外一种意义，与巫，与此外少女的落洞致死，三者同源而异流，都源于人神错综，一种情绪被压抑后变态的发展。因年龄、社会地位和其他分别，穷而年老的易成为蛊婆；三十岁左右的，易成为巫；十六岁到二十二三岁，美丽爱好而婚姻不遂的，易落洞致死。三者都以神为对象，产生一种变质女性神经病。年老而穷，怨愤郁结，取报复形式方能排泄情感，故蛊婆所作所为，即近于报复。三十岁左右，对神力极端敬信，民间传说如“七仙姐下凡”之类故事又多，结合宗教情绪与浪漫情绪而为一，因此总觉得神对她特别关心，发狂，呓语，天上地下，无往不至，必须做巫，执行人神传递愿望与意见工作，经众人承认其为神之子后，中和其情绪，狂病方不再发。年轻貌美的女子，一面为戏文才子佳人故事所启发，一面由于美貌而有才情，婚姻不谐，当地武人出身中产者规矩又严，由压抑转而成为人神错综，以为被神所爱，因此死去。

善蛊的通称“草蛊婆”，蛊人称“放蛊”。放蛊的方法是用蛊类放果物中，毒蛊不外蚂蚁、蜈蚣、长蛇，就本地所有且常见的。中蛊的多小孩子，现象和通常害疳疾腹中生蛔虫差不多，腹胀人瘦，或梦见虫蛇，终于死去。病中若家人疑心是同街某妇人放的，就往去见见她，只作为随便闲话方式，客客气气地说：“伯娘，我孩子害了点小病，总治不好，你知道什么小丹方，告我一个吧。小孩子怪可怜！”那妇人知道人疑心到她了，必说：“那不要紧，吃点猪肝（或别的）就好了。”回家照方子一吃，果然就好了。病好的原因是“收蛊”。蛊婆的家中必异常干净，个人眼睛发红。蛊婆放蛊出于被蛊所逼迫，到相当时日必来一次。通常放一小孩子可以经过一年，放一树木（本地凡树木起瘪有蚁穴因而枯死的，多认为被放蛊死去）只抵两月。放自己孩子却可抵三年。蛊婆所在的街上，街邻照例对她都敬而远之的客气，她也就从不会对本街孩子过不去（甚至于不会对全城孩子过不去）。但某一时若迫不得已使同街孩子致死或城中孩子因受蛊死去，好事者激起公愤，必把这个妇人捉去，放在大六月天酷日下晒太阳，名为“晒草蛊”。或用别的更残忍方法惩治。这事官方从不过问。即或这妇人在私刑中死去，也不过问。受处分的妇人，有些极口呼冤，有些又似乎以为罪有应得，默然无语。然情绪相同，即这种妇人必相信自己真有致人于死的魔力。还有些居然招供出有多少魔力，施行过多少次，某时在某处蛊死谁，某地方某大树枯树自焚也是她做的。在招供中且俨然得到一种满足的快乐。这样一来，照习惯必在毒日下晒三天，有些妇人被晒过后病就好了，以为蛊被太阳晒过就离开了，成为一个常态的妇人。有些因此就死掉了，死后众人还以为替地方除了一害。其实呢，这种妇人与其说是罪人，不如说是疯婆子。她根本上就并无如此特别能力蛊人致命。这种妇人是一个悲剧的主角，因为她有点隐性的疯狂，致疯的原因又是穷苦而寂寞。

行巫者其所以行巫，加以分析，也有相似情形。中国其他地方巫术的执行者，同僧道相差不多，已成为一种游民懒妇谋生的职业。视个人的诈伪聪明程度，见出职业成功的多少。他的作为重在引人迷信，自己却清清楚楚。这种行巫，已完全失去了他本来性质，不会当真发疯发狂了。但凤凰情形不同。行巫术多非自愿的职业，近于“迫不得已”的差使。大多数本人平时为人必极老实忠厚，沉默寡言。常忽然发病，卧床不起，如有神附体，语音神气完全变过，或胡唱胡闹，天上地下，无所不谈。且哭笑无常，殴打自己，长日不吃，不喝，不睡觉。过三两天后，仿佛生命中有种东西，把它稳住了，因极度疲乏，要休息了，长长地睡上一天，人就清醒了。醒后对病中事竟毫无所知，别的人谈起她病中情形时，反觉十分羞愧。

可是这种狂病是有周期性的（也许还同经期有关系），约两三个月一次。每次总弄得本人十分疲乏，欲罢不能。按照习惯只有一个方法可以治疗，就是行巫。行巫不必学习，无从传授，只设一神坛，放一平斗，斗内装满谷子，插上一把剪刀。有的什么也不用，就可正式营业。执行巫术的方式，是在神前设一座位，行巫者坐定，用青丝绸巾覆盖脸上。重在关亡，托亡魂说话，用半哼半唱方式，谈别人家事长短，儿女疾病，远行人情形。谈到伤心处，谈者泗涕横溢，听者自然更嘘泣不止。执行巫术后，已成为众人承认的神之子，女人的潜意识，因中和作用，得到解除，因此就不会再发狂病。初初执行巫术时，且照例很灵，至少有些想不到的古怪情形，说来十分巧合。因为有事前狂态作宣传，本城人知道的多，行巫近于不得已，光顾的老妇人必甚多，生意甚好。行巫虽可发财，本人通常倒不以所得多少关心，受神指定为代理人，不作巫即受惩罚，设坛近于不得已。行巫既久，自然就渐渐变成职业，使术时多做作处，世人的好奇心同时又转移到新近设坛的别一妇人方面去，这巫婆若为人老实，便因此撤了坛，依然恢复她原有的生活，或做奶妈，或做小生意，或带孩子。为人世故，就成为三姑六婆之一，利用身份，串当地有身份人家的门子，陪老太太念经，或如《红楼梦》中与赵姨娘合作同谋之流妇女，行使点小法术，埋在地下，放在枕边，使“仇人”吃亏。或更作媒作中，弄一点酬劳脚步钱。小孩子多病，命大，就拜寄她做干儿子。小孩子夜惊，就为“收黑”，用个鸡蛋，咒过一番后，黄昏时拿到街上去，一路喊小孩名字，“八宝回来了吗？”另一个就答“八宝回来了”，一直喊到家。到家后抱着孩子手蘸唾沫抹抹孩子头部，事情就算办好了。行巫的本地人称为“仙娘”。她的职务是“人鬼之间的媒介”，她的群众是妇人和孩子，她的工作真正意义是她得到社会承认是神的代理人后，狂病即不再发，当地妇女为实生活所困苦，感情无所归宿，将希望与梦想寄在她的法术上，靠她得到安慰。这种人自然间或也会点小丹方，可以治小儿夜惊、膈食。用通常眼光看来，殊不可解，用现代心理学来分析，它的产生同它在社会上的意义，都有它必然的原因。一知半解的读书人，想破除迷信，要打倒它，否认这种“先知”，正说明另一种人的“无知”。

至于落洞，实在是一种人神错综的悲剧，比上述两种妇女病更多悲剧性。地方习惯是女子在性行为方面的极端压制，成为最高的道德。这种道德观念的形成，由于军人成为地方整个的统治者。军人因职务关系，必时常离开家庭外出，在外面取得对于妇女的经验，必使这种道德观增强，方能维持他的性的独占情绪与事实。因此本地认为最丑的事无过于女子不贞，男子听妇女有外遇，妇女若无家庭任何拘束，自愿解放，毫无关系的旁人亦可把女子捉来光身游街，表示与众共弃。下面故事是另外一个最好的例。

旅长刘某某，夫人是一个女子学校毕业生，平时感情极好。有同学某女士，因同学时要好，在通信中不免常有些女孩子的感情的话。信被这位军官见到后，便引起疑心。后因信中有句话语近于男子说的，“嫁了人你就把我忘了”，这位军官疑心转增。独自驻防某地，有一天忽然要马弁去接太太，并告马弁：“你把太太接来，到离这里十里，一枪给我把她打死，我要死的不要活的。我要看看她还有一点热气，不同她说话。你事办得好，一切有我；事办不好，不必回来见我。”马弁当然一切照办。当真把旅长太太接来防地，到要下手时，太太一看情形不对，问马弁是什么意思。马弁就告她这是旅长的意思。太太说：“我不能这样冤枉死去，你让我见他去说个明白！”马弁说：“旅长命令要这么办，不然我就得死。”末了两人都哭了。太太让马弁把枪口按在心子上一枪打死了。（打心子好让血往腔子里流！）轿夫快快地把这位太太抬到旅部去见旅长，旅长看看后，摸摸脸和手，看看气已绝了，不由自主淌了两滴英雄泪，要马弁看一副五百块钱的棺木，把死者装殓埋了。人一埋，事情也就完结了。

这悲剧多数人就只觉得死者可悯，因误会得到这样结果，可不觉得军官行为成为问题。倘若女的当真过去一时还有一个情人，那这种处置，在当地人看来，简直是英雄行为了。

女子在性行为所受的压制既如此严酷，一个结过婚的妇人，因家事儿女勤劳，终日织布、绩麻、做醢菜，家境好的还玩骨牌，尚可转移她的情绪不至于成为精神病。一个未出嫁的女子，尤其是一个爱美好洁、知书识字、富于情感的聪明女子，或因早熟，或因晚婚，这方面情绪上所受的压抑自然更大，容易转成病态。地方既在边区苗乡，苗族半原人的神怪观影响到一切人，形成一种绝大力量。大树、洞穴、岩石，无处无神；狐、虎、蛇、龟，无物不怪。神或怪在传说中美丑善恶不一，无不赋以人性。因人与人相互爱悦和当前道德观念极端冲突，便产生人和神怪爱悦的传说，女性在性方面的压抑情绪，方借此得到一条出路。落洞即人神错综之一种形式。背面所隐藏的悲惨，正与表面所见出的美丽，成分相等。

凡属落洞的女子，必眼睛光亮，性情纯和，聪明而美丽。必未婚，必爱好，善修饰。平时贞静自处，情感热烈不外露，转多幻想，间或出门，即自以为某一时无意中从某处洞穴旁经过，为洞神一瞥见到，欢喜了她。因此更加爱独处，爱静坐，爱清洁，有时且会自言自语，常以为那个洞神已驾云乘虹前来看她。这个抽象的神或为传说中的相貌，或为记忆中庙宇里的偶像样子，或为常见的又为女子所畏惧的蛇虎形状。总之这个抽象对手到女人心中时，虽引起女子一点羞怯和恐惧，却必然也感到热烈而兴奋。事实上也就是一种变形的自渎。等待到家中人注意这件事情深为忧虑时，或正是病人在变态情绪中恋爱最满足时。

通常男巫的职务重在和天地，悦人神，对落洞事即付之于职权以外，不能过问。辰州符重在治大伤，对这件事也无可如何。女巫虽可请本家亡灵对于这件事表示意见，或阴魂入洞探询消息，然而结末总似乎凡属爱情，即无罪过。洞神所欲，一切人力都近于白费。虽天王佛菩萨，权力广大，人鬼同尊，亦无从为力。（迷信与实际社会互相映照，可谓相反相成。）事到末了，即是听其慢慢死去。死的迟早，都认为一切由洞神做主。事实上有一半近于女子自己做主。死时女子必觉得洞神已派人前来迎接她，或觉得洞神亲自换了新衣骑了白马来接她，耳中有箫鼓竞奏，眼睛发光，脸色发红，间或在肉体上放散一种奇异香味，含笑死去。死时且显得神气清明，美艳照人。真如诗人所说："她在恋爱之中，含笑死去。"家中人多泪眼莹然相向，无可奈何。只以为女儿被神所眷爱致死。料不到女儿因在人间无可爱悦，却爱上了神，在人神恋与自我恋情形中消耗其如花生命，终于衰弱死去。

凡女子落洞致死的年龄，迟早不等，大致在十六到二十四五左右。病的久暂也不一，大致由两年到五年。落洞女子最正当的治疗是结婚，一种正常美满的婚姻，必然可以把女子从这种可怜的生活中救出。可是照习惯这种为神眷顾的女子，是无人愿意接回家中做媳妇的。家中人更想不到结婚是一种最好的法术和药物。因此末了终是一死。

湘西女性在三种阶段的年龄中，产生蛊婆女巫和落洞女子。

三种女性的歇思底里亚[1]，就形成湘西的神秘之一部分。这神秘背后隐藏了动人的悲剧，同时也隐藏了动人的诗。至如辰州符，在伤科方面用催眠术和当地效力强不知名草药相辅为治，男巫用广大的戏剧场面，在一年将尽的十冬腊月，杀猪宰羊，击鼓鸣锣，来做人神和乐的工作，集收人民的宗教情绪和浪漫情绪，比较起来，就见得事很平常，不足为异了。

浪漫情绪和宗教情绪两者混而为一，在女子方面，它的排泄方式，有如上所述说的种种。在男子方面，则自然而然成为游侠者精神。这从游侠者的道德规律所表现的宗教性和戏剧性也可看出。妇女道德的形成，与游侠者的规律大有关系。游侠者对同性同道称哥唤弟，彼此不分。故对于同道眷属亦视为家中人，呼为嫂子。子弟儿郎们照规矩与嫂子一床同宿，亦无所忌。但条款必遵守，即“只许开弓，不许放箭”。条款意思就是同住无妨，然不能发生关系。若发生关系，即为犯条款，必受严重处分。这种处分仪式，实充满宗教性和戏剧性。下面一件记载，是一个好例。这故事是一个参加过这种仪式的朋友说的。

在野地排三十六张方桌（象征梁山三十六天罡[2]），用八张方桌重叠为一个高台，桌前掘一见方一丈八尺的土坑，用三十六

① 英文 hysteria 的音译，意即歇斯底里或指癔症。

② 梁山三十六天罡：天罡，星官名。《水浒传》中附会按座次前三十六员将领为天罡星下凡。

把尖刀竖立坑中，刀锋向上，疏密不一。预先用浮土掩着，刀尖不外露。所有弟兄哥子都全副戎装到场，当时流行的装束是：青绉绸巾裹头，视耳边下垂巾角长短表示身份。穿纸甲，用棉纸捶炼而成，中夹头发，做成背心式样，轻而柔韧，可以避刀刃。外穿密钮打衣，袖小而紧。佩平时所长武器，多单刀双刀，小牛皮刀鞘上绘有绿云红云，刀环上系彩绸，作为装饰。着青裤，裹腿，腿部必插两把黄鳝尾小尖刀。赤脚，穿麻练鞋。桌上排定酒盏，燃好香烛，发言的必先吃血酒盟心（或咬一公鸡头，将鸡血滴入酒中，或咬破手指，将本人血滴入酒中）。“管事”将事由说明，请众议处。事情是一个做大哥的嫂子有被某“老幺”调戏嫌疑，老幺犯了某条某款。女子年轻而貌美，长眉弱肩，身材窈窕，眼光如星子流转。男的不过二十岁左右，黑脸长身，眉目英悍。管事把事由说完后，女子继即陈述经过，那青年男子在旁沉默不语。此后轮到青年开口时，就说一切都出于诬蔑。至于为什么诬蔑，他不便说，嫂子应当清清楚楚。那意思就是说嫂子对他有心，他无意。既经否认，各执一说，“执法”无从执行处分，因此照规矩决之于神。青年男子把麻鞋脱去，把衣甲脱去，光身赤脚爬上那八张方桌顶上去。毫无惧容，理直气壮，奋身向土坑跃下。出坑时，全身丝毫无伤。照规矩即已证实心地光明，一切出于受诬。其时女子头已低下，脸色惨白，知道自己命运不佳，业已失败，不能逃脱。那大哥揪着女的发髻，跪到神桌边去，问她：“还有什么话说？”女的说：“没有什么说的。

冤有头，债有主，凡事天知道。”引颈受戮，不求饶也不狡辩。一切沉默。这大哥看看四面八方，无一个人有所表示，于是拔出背上军刀，一刀结果了这个因爱那小兄弟不遂心，反诬他调戏的女子。头放在神桌前，眉目下垂如熟睡。一伙哥子弟兄见事已完，把尸身拖到原来那个土坑里去，用刀掘土，把尸身掩埋了。那个大哥和那个幺兄弟，在情绪上一定都需要流一点眼泪，但身份上的习惯，却不许一个男子为妇人显出弱点，都默然无言，各自走开。

类乎这种事情还很多。都是浪漫与严肃，美丽与残忍，爱与怨，交缚不可分。

游侠者行径在当地也另成一种风格，与国内近代化的青红帮稍稍不同。重在为友报仇，扶弱锄强，挥金如土，有诺必践。尊重读书人，敬事同乡长老。换言之，就是还能保存一点古风。有些人虽能在川黔湘鄂数省边境号召数千人集会，在本乡却谦虚纯良，犹如一乡巴佬，有兵役的且依然按时入衙署当值，听候差遣做小事情，凡事照常。赌博时用小铜钱三枚跌地，名为“板三”，看反复、数目，决定胜负，一反手间即输黄牛一头，银圆一百两百，输后不以为意，扬长而去，从无翻悔放赖情事。决斗时两人用分量相等武器，一人对付一人，虽亲兄弟只能袖手旁观，不许帮忙，仇敌受伤倒下后，即不继续填刀，否则就被人笑话，失去英雄本色，虽胜不武。犯条款时自己处罚自己，割手截脚，脸不变色，口不出声。总之，游侠观念纯是古典的，行为是与太史公所述相去不远的。二十年闻名于川黔鄂湘各边区凤凰人田三怒，可为这种游侠者一个典型。年纪不到十岁，看木傀儡戏时，就携一血梼木[①]短棒，在戏场中向屯垦军子弟不端重的横蛮的挑衅，或把人痛殴一顿，或反而被人打得头破血流，不以为意。十二岁就身怀黄鳝尾小刀，称“小老幺”，三江四海口诀背诵如流。家中老父开米粉馆，凡小朋友照顾的，一例招待，从不接钱。十五岁就为友报仇，走七百里路到常德府去杀一木客镖手，因听人说这个镖手在沅州有意调戏一个妇人，用手触过妇人的乳部，这少年就把镖手的双手砍下，带到沅州去送给那朋友。年纪二十岁，已称“龙头大哥”，名闻边境各处。然在本地每日抱大公鸡往米场斗鸡时，一见长辈或教学先生，必侧身在墙边让路，见女人必低头而过，见做小生意老妇人，必叫伯母，见人相争相吵，必心平气和劝解，且用笑话使大事化为小事。周济逢丧事的孤寡，从不出名露面。各庙宇和尚尼姑行为有不正当的，恐败坏当地风俗，必在短期中想方法把这种不守清规的法门弟子逐出境外。做龙头后身边子弟甚多，龙蛇不一，凡有调戏良家妇女，或赌博撒赖，或倚势强夺，经人告诉的，必招来把事情问明白，照条款处办。执法老幺，被派往六百里外杀人，随时动员，如期带回证据。结怨甚多，积德亦

① 血梼木：疑为血稠木之误。稠为一种质地坚密的杂木，有红、白二色。血桐木即红稠木。

多。身体瘦黑而小，秀弱如一小学教员，不相识的绝不会相信这是湘西一霸。

光棍服软不服硬，白羊岭有一张姓汉子，出门远走云贵二十年，回家时与人谈天，问："本地近来谁有名？"或人说："田三怒。"姓张的稍露出轻视神气："田三怒不是正街卖粉的田家小儿子？"当夜就有人去叫张家的门，在门外招呼说："姓张的，你明天天亮以前走路，不要在这个地方住。不走路后天我们送你回老家。"姓张的不以为意，可是到后天大清早，有人发现他在一个桥头上斜坐着，走近身看看，原来两把刀插在心窝上，人已经死了。另外有个姓王的，卖牛肉讨生活，过节喝了点酒，酒后忘形，当街大骂田三怒不是东西，若有勇气，可以当街和他比比。正闹着，田三怒却从街上过身，一切听得清清楚楚。事后有人赶去告给那醉汉的母亲，老妇人听说吓慌了，赶忙去找他，哭哭啼啼，求他不要见怪。并说只有这个儿子，儿子一死，自己老命也完了。田三怒只是笑，说："伯母，这是小事情，他喝了酒，乱说玩的。我不会生他的气。谁也不敢挨他，你放心。"事后果然不再追究。还送了老妇人一笔钱，要那儿子开个面馆。

田三怒四十岁后，已豪气稍衰，厌倦了风云，把兄弟遣散，洗了手，在家里养马种花过日子。间或骑了马下乡去赶场，买几只斗鸡，或携细尾狗，带长网去草泽地打野鸡，逐鹌鹑，猎猎野猪，人料不到这就是十年前在川黔边境增加了凤凰人光荣的英雄田三怒。本人也似乎忘记自己做了些什么事。一天下午，牵了他那两匹骏健白马出城下河去洗马。城头上有两个懦夫居高临下，用两支匣子炮由他身背后打了约十三发子弹，有两粒子弹打在后颈上，五粒打在腰背上。两匹白马受惊，脱了缰沿城根狂奔而去。老英雄受暗算后，伏在水边石头上，勉强翻过身来，从怀中掏出小勃郎宁拿在手上，默然无声。他知道等等就会有人出城来的。不一会儿，懦夫之一果然提着匣子炮出城来了，到离身三丈左右时，老英雄手一扬起，枪声响处那懦夫倒下，子弹从左眼进去，即刻死了。城头上那个懦夫在隐蔽处重新打了五枪。田三怒教训他："狗杂种，你做的事丢了镇筸人的丑。在暗中射冷箭，不像个男子。你怎不下来？"懦夫不作声。原来城上来了另外的人，这行刺的就跑了。田三怒知道自己不济事了，在自己太阳穴上打了一枪，便如此完结了自己，也完结了当地最后一个游侠者。

派人做这件事情的，到后才知道是一个姓唐的。这个人也可称为苗乡一霸，辛亥革命领率苗民万人攻城，牺牲苗民将近六千人，北伐时随军下长江，曾任徐海警备司令。卸职还乡后称"司令官"，在禹城十里长宁哨新房子中居家纳福。事有凑巧，做了这件事后，过后数年，这人居然被一个驻军团长，不知天高地厚，把他捉来放在牢里，到知道这事不妥时，人已病死狱中了。

田三怒子弟极多，十年来或因年事渐长，血气已衰，改业为正经规矩商人。或带剑从军，参加各种内战，牺牲死去。或因犯案离乡，漂流无踪。在日月交替中，地方人物新陈代谢，风俗习惯日有不同。因此到近年来，游侠者精神虽未绝，所有方式已大大有了变化。在那万山环绕的小小石头城中，田三怒的姓名，已逐渐为人忘却，少年子弟中有从图画杂志上知道“飞将军”“小黑炭”“美人鱼”“毛泽东”等人的事业，却不知道田三怒是谁。

当年田三怒得力助手之一，到如今还好好存在，为人依然豪侠好客，待友以义，在苗民中称领袖，这人就是去年使湘西发生问题，迫何键去职，使湖南政治得一转机的龙云飞。二十年前眼目精悍，手脚麻利，勇敢如豹子，轻捷如猿猴，身体由城墙头倒掷而下，落地时尚能做矮马桩姿势。在街头与人决斗，杀人后下河边去洗手时，从从容容如毫不在意。现在虽尚精神矍铄，面目光润，但已白发临头，谦和宽厚如一长者。回首昔日，不免有英雄老去之慨！

这种游侠者精神既浸透了三厅子弟的脑子，所以在本地读书人观念上也发生影响，军人政治家，当前负责收拾湘西的陈老先生①，年近六十，体气精神，犹如三十许青年壮健，平时律己之严，驭下之宽，以及处世接物，带兵从政，就大有游侠者风度。少壮军官中，如师长顾家齐、戴季韬辈，虽受近代化训练，面目

① 陈老先生，即陈渠珍。1938 年初，复出任沅陵绥靖公署主任。

文弱和易如大学生，精神上多因游侠者的遗风，勇鸷慓悍，好客喜弄，如太史公传记中人。诗人田星六，诗中就充满游侠者霸气。山高水急，地苦雾多，为本地人性格形成之另一面。游侠者精神的浸润，产生过去，且将形成未来。

贰
……

我就这样一面看水一面想你

我走过许多地方的路，行过许多地方的桥，
却只爱过一个正当年龄的你。

在桃源

三三：

我已到了桃源，车子很舒服。曾姓朋友送我到了地，我们便一同住在一个卖酒曲子的人家，且到河边去看船，见到一些船，选定了一只新的，言定十五块钱，晚上就要上船的。我现在还留在卖酒曲人家，看朋友同人说野话。我明天就可上行。我很放心，因为路上并无什么事情。很感谢那个朋友，一切得他照料，使这次旅行又方便又有趣。

我有点点不快乐处，便是路上恐怕太久了点。听船上人说至少得四天方可到辰州[1]，也许还得九天方到家，这份日子未免使我发愁。我恐怕因此住在家中就少了些日子。但我又无办法把日子弄快一点。

我路上不带书，可是有一套彩色蜡笔，故可以作不少好画。照片预备留在家乡给熟人照相，给苗老咪照相，不能在路上糟

① 辰州，即沅陵。

蹋，故路上不照相。

三三，乖一点，放心，我一切好！我一个人在船上，看什么总想到你。

我到这里还碰到一个老同学，这老同学还是我廿年前在一处读书的。

二哥

十二日下午五时

在路上我看到个贴子很有趣：

> 立招字人钟汉福，家住白洋河文昌阁大松树下右边，今因走失贤媳一枚，年十三岁，名曰金翠，短脸大口，一齿凸出，去向不明。若有人寻找弄回者，赏光洋二元，大树为证，决不吃言。谨白。

三三：我一个字不改写下来给你瞧瞧，这人若多读些书，一定是个大作家。

小船上的信

船在慢慢地上滩，我背船坐在被盖里，用自来水笔来给你写封长信。这样坐下写信并不吃力，你放心。这时已经三点钟，还可以走两个钟头，应停泊在什么地方，照俗谚说：“行船莫算，打架莫看”，我不过问。大约可再走廿里，应歇下时，船就泊到小村边去，可保平安无事，船泊定后我必可上岸去画张画。你不知见到了我常德长堤那张画不？那张窄的长的。这里小河两岸全是如此美丽动人，我画得出它的轮廓，但声音、颜色、光，可永远无本领画出了。你实在应来这小河里看看，你看过一次，所得的也许比我还多，就因为你梦里也不会想到的光景，一到这船上，便无不朗然入目了。这种时节两边岸上还是绿树青山，水则透明如无物，小船用两个人拉着，便在这种清水里向上滑行，水底全是各色各样的石子。舵手抿起个嘴唇微笑，我问他，“姓什么？”“姓刘。”“在这条河里划了几年船？”“我今年五十三，十六岁就划船。”来，三三，请你为我算算这个数目。这人厉害得很，四百里的河道，涨水干涸河道的变迁，他无不明明白白。他知道这河里有多少滩、多少潭。看那样子，若许我来形容形容，他还可以说知道这河中有多少石头！是的，凡是较大的、知名的石头，他无一不知！水手一共是三个，除了舵手在后面管舵管篷管纤索的伸缩，前面舱板有两个人。其中一个是小孩子，一个是大人。两个人的职务是船在滩上时，就撑急水篙，左边右边下篙，把钢钻打得水中石头作出好听的声音。到长潭时则荡桨，弓起个腰推扳长桨，把水弄得哗哗的，声音也很幽静温柔。到急水滩时，则两人背了纤索，把船拉去，水急了些，吃力时就伏在石滩上，手足并用地爬行上去。船是只新船，油得黄黄的，干净得可以作为教堂的神龛。我卧的地方较低一些，可听得出水在船底流过的细碎声音。前舱用板隔断，故我可以不被风吹。我坐的是后面，凡为船后的天、地、水，我全可以看到。我就这样一面看水一面想你。我快乐，就想应当同你快乐；我闷，就想要你在我必可以不闷。我同船老板吃饭，我盼望你也在一角吃饭。我至少还得在船上过七个日子，还不把下行的计算在内。你说，这七个日子我怎么办？天气又不很好，并无太阳，天是灰灰的，一切较远的边岸小山同树木，皆裹在一层轻雾里，我又不能照相，也不宜画画。看看船走动时的情形，我还可以在上面写文章，感谢天，我的文章既然提到的是水上的事，在船上实在太方便了。倘若写文章得选择一个地方，我如今所在的地方是太好了一点的。不过我离得你那么远，文章如何写得下去。“我不能写文章，就写信。”我这么打算，我一定做到。我每天可以写四张，若写完四张事情还不说完，我再写。这只手既然离开了你，也只有那么来折磨它了。

我来再说点船上事情吧。船现在正在上滩，有白浪在船旁奔驰，我不怕，船上除了寂寞，别的是无可怕的。我只怕寂寞。但这也正可训练一下我自己。我知道对我这人不宜太好，到你身边，我有时真会使你皱眉，我疏忽了你，使我疏忽的原因便只是你待我太好，纵容了我。但你一生气，我即刻就不同了。现在则用一件人事把两人分开，用别离来训练我，我明白你如何在支配我管领我！为了只想同你说话，我便钻进被盖中去，闭着眼睛。你瞧，这小船多好！你听，水声多幽雅！你听，船那么轧轧响着，它在说话！它说："两个人尽管说笑，不必担心那掌舵人。他的职务在看水，他忙着。"船真轧轧地响着。可是我如今同谁去说？我不高兴！

梦里来赶我吧，我的船是黄的，船主名字叫作"童松柏"，桃源县人。尽管从梦里赶来，沿了我所画的小堤一直向西走，沿河的船虽万万千千，我的船你自然会认识的。这里地方狗并不咬人，不必在梦里为狗吓醒！

你们为我预备的铺盖，下面太薄了点，上面太硬了点，故我很不暖和，在旅馆已嫌不够，到了船上可更糟了。盖的那床被大而不暖，不知为什么独选着它陪我旅行。我在常德买了一斤腊肝，半斤腊肉，在船上吃饭很合适……莫说吃的吧，因为摇船歌又在我耳边响着了，多美丽的声音！

我们的船在煮饭了，烟味儿不讨人嫌。我们吃的饭是粗米饭，很香很好吃。可惜我们忘了带点豆腐乳，忘了带点北京酱菜。想不到的是路上那么方便，早知道那么方便，我们还可带许多北京宝贝来上面，当“真宝贝”去送人！

你这时节应当在桌边做事的。

山水美得很，我想你一同来坐在舱里，从窗口望那点紫色的小山。我想让一个木筏使你惊讶，因为那木筏上面还种菜！我想要你来使我的手暖和一些……

十三日下午五时

夜泊鸭窠围

十六日下午六点五十分

我小船停了，停到鸭窠围。中时候写信提到的“小阜平冈”应当名为“洞庭溪”。鸭窠围是个深潭，两山翠色逼人，恰如我写到翠翠的家乡。吊脚楼尤其使人惊讶，高矗两岸，真是奇迹。两山深翠，唯吊脚楼屋瓦为白色，河中长潭则湾泊木筏廿来个，颜色浅黄。地方有小羊叫，有妇女锐声喊“二老”“小牛子”，且听到远处有鞭炮声与小锣声。到这样地方，使人太感动了。四丫头若见到一次，一生也忘不了。你若见到一次，你饭也不想吃了。

我这时已吃过了晚饭，点了两支蜡烛给你写报告。我吃了太多的鱼肉。还不停泊时，我们买鱼，九角钱买了一尾重六斤十两的鱼，还是顶小的！样子同飞艇一样，煮了四分之一，我又吃四分之一的四分之一，已吃得饱饱的了。我生平还不曾吃过那么新鲜那么嫩的鱼，我并且第一次把鱼吃个饱。味道比鲥鱼还美，比豆腐还嫩，古怪的东西！我似乎吃得太多了点，还不知道怎么办。

可惜天气太冷了，船停泊时我总无法上岸去看看。我欢喜那些在半天上的楼房。这里木料不值钱，水涨落时距离又太大，故楼房无不离岸三十丈以上，从河边望去，使人神往之至。我还听到了唱小曲声音，我估计得出，那些声音同灯光所在处，不是木筏上的排头在取乐，就是有副爷们船主在喝酒。妇人手上必定还戴得有镀金戒指。多动人的画图！提到这些时我是很忧郁的，因为我认识他们的哀乐，看他们也依然在那里把每个日子打发下去，我不知道怎么样总有点忧郁。正同读一篇描写西伯利亚方面农人的作品一样，看到那些文章，使人引起无言的哀戚。我如今不止看到这些人生活的表面，还用过去一分经验接触这种人的灵魂。真是可哀的事！我想我写到这些人生活的作品，还应当更多一些！我这次旅行，所得的很不少。从这次旅行上，我一定还可以写出很多动人的文章！

三三，木筏上火光真不可不看。这里河面已不很宽，加之两面山岸很高（比崂山高得远），夜又静了，说话皆可听到。羊还在叫。我不知怎么的，心这时特别柔和。我悲伤得很。远处狗又在叫了，且有人说"再来，过了年再来"，一定是在送客，一定是那些吊脚楼人家送水手下河。

风大得很，我手脚皆冷透了，我的心却很暖和。但我不明白什么原因，心里总柔软得很。我要傍近你，方不至于难过。我仿佛还是十多年前的我，孤孤单单，一身以外别无长物，搭坐一只装载军服的船只上行，对于自己前途毫无把握，我希望的只是一个四元一月的录事职务，但别人不让我有这种机会。我想看点书，身边无一本书。想上岸，又无一个钱。到了岸必须上岸去玩玩时，就只好穿了别人的军服，空手上岸去，看看街上一切，欣赏一下那些小街上的片糖，以及一个铜元一大堆的花生。灯光下坐着扯得眉毛极细的妇人。回船时，就糊糊涂涂在岸边烂泥里乱走，且沿了别人的船边“阳桥”渡过自己船上去，两脚全是泥，刚一落舱还不及脱鞋，就被船主大喊：“伙计副爷们，脱鞋呀。”到了船上后，无事可做，夜又太长，水手们爱玩牌的，皆蹲坐在舱板上小油灯下玩牌，便也镶拢去看他们。这就是我，这就是我！三三，一个人一生最美丽的日子，十五岁到廿岁，便恰好全是在那么情形中过去了，你想想看，是怎么活下来的！万想不到的是，今天我又居然到这条河里，这样小船上，来回想温习一切的过去！更想不到的是我今天却在这样小船上，想着远远的一个温和美丽的脸儿，且这个黑脸的人儿，在另一处又如何悬念着我！我的命运真太可玩味了。

我问过了划船的，若顺风，明天我们可以到辰州了。我希望顺风。船若到得早，我就当晚在辰州把应做的事做完，后天就可以再坐船上行。我还得到辰州问问，是不是云六[1]已下了辰。若他在辰州，我上行也方便多了。

---

① 云六，即作者的大哥沈云六。

现在已八点半了，各处还可听到人说话，这河中好像热闹得很：我还听到远远的有鼓声，也许是人还愿。风很猛，船中也冰冷的。但一个人心中倘若有个爱人，心中暖得很，全身就冻得结冰也不碍事的！这风吹得厉害，明天恐要大雪。羊还在叫，我觉得稀奇，好好地一听，原来对河也有一只羊叫着，它们是相互应和叫着的。我还听到唱曲子的声音，一个年纪极轻的女子喉咙，使我感动得很。我极力想去听明白那曲子，却始终听不明白。我懂许多曲子。想起这些人的哀乐，我有点忧郁。因这曲子我还记起了我独自到锦州，住在一个旅馆中的情形，在那旅馆中我听到一个女子唱大鼓书，给赶骡车的客人过夜，唱了半夜。我一个人便躺在一个大炕上听窗外唱曲子的声音，同别人笑语声。这也是二哥！那时节你大概在暨南[①]读书，每天早上还得起床来做晨操！命运真使人惘然。爱我，因为只有你使我能够快乐！

二哥

我想睡了。希望你也睡得好。

十六下八点五十

① 暨南，这里指暨南大学女子部（中学），校址在南京。

鸭窠围的梦

十七日上六点十分

五点半我又醒了，为噩梦吓醒的。醒来听听各处，世界那么静。回味梦中一切，又想到许多别的问题。山鸡叫了，真所谓百感交集。我已经不想再睡了。你这时说不定也快醒了！你若照你个人独居的习惯，这时应当已经起了床的。

我先是梦到在书房看一本新来的杂志，上面有些稀奇古怪的文章，后来我们订婚请客了，在一个花园中请了十个人，媒人却姓曾。一个同小五哥年龄相仿佛的中学生，但又同我是老同学。酒席摆在一个人家的花园里，且在大梅花树下面。来客整整坐了十位，只其中曾姓小孩子不来，我便去找寻他，到处找不着，再赶回来时客全跑了，只剩下些粗人，桌上也只放下两样吃的菜。我问这是怎么回事，方知道他们等客不来，各人皆生气散了。我就赶快到处去找你，却找不到，再过一阵，我又似乎到了我们现在的家中房里，门皆关着，院子外有狮子一直咆哮，我真着急。想出去不成，想别的方法通知一下你们也不成。这狮子可是我们家养的东西，不久张大姐（她年纪似乎只十四岁）拿生肉来喂狮子了，狮子把肉吃过就地翻筋斗给我们看。我同你就坐在正屋门限上看它玩一切把戏，还看得到好好的太阳影子！再过一阵我们出门野餐去了，到了个湖中央堤上，黄泥做成的堤，两人坐下看水，那狮子则在水中游泳。过不久这狮子理着项下长须，它变成了同于右任差不多的一个胡子了……

醒来只听到许多鸡叫，我方明白我还是在小船上。我希望梦到你，但同时还希望梦中的你比本来的你更温柔些。可是我成天上滩，在深山长潭里过日子，梦的你也不同了。也许是鲤鱼精来做梦，假充你到我面前吧。

这时真静，我为了这静，好像读一首怕人的诗。这真是诗。不同处就是任何好诗所引起的情绪，还不能那么动人罢了。这时心里透明的，想一切皆深入无间。我在温习你的一切。我真带点儿惊讶，当我默读到生活某一章时，我不止惊讶。我称量我的幸运，且计算它，但这无法使我弄清楚一点点。你占去了我的感情全部。为了这点幸福的自觉，我叹息了。

倘若你这时见到我，你就会明白我如何温柔！一切过去的种种，它的结局皆在把我推到你身边心上，你的一切过去也皆在把我拉近你身边心上。这真是命运。而且从二哥说来，这是如何幸运！我还要说的话不想让烛光听到，我将吹熄了这支蜡烛，在暗中向空虚去说。

二哥

潭中夜渔

我只吃一碗饭，鱼又吃了不少。这时已七点四十，你们也应当吃过饭了。我们的短期分离，我应多受点折磨，方能补偿两人在一处过日子时，我对你疏忽的过失，也方能把两人同车时我看报的神气使你忘掉。我还正在各种过去事情上，找寻你的弱点与劣点，以为这样一来，也许我就可以少担负一份分离的痛苦。但出人意料的是我越找寻你坏处，就越觉得你对我的好处……

夜晚了，船已停泊，不必担心相片着水，我这时又把你同四丫头的相从箱中取出来了。我只想你们从相片上跳下来，我当真那么傻想……我应当多带些你们的相片来了。我还忘了带九九同你元和大姐的相片，若全带到箱子里，则我也许可以把些时间，同这些相片来讨论点事情，或说几个故事，或又模拟你们口吻，说点笑话……现在十天了我还无发笑机会。三三， 四丫头近来吃饭被踢没有？应当为我每次踢她一脚。还有九妹，我希望她肯多问你些不认识的生字，不必说英文，便是中文她需要指点的方面也就很多。还有巴金[1]，我从没为他写信，却希望你把我的路上一切，撮要告给他，并请他写点文章，为刊物登载。还有杨先生[2]，你也得告他我在路上的情形。我为了成日成夜给你这个三三写信，别的信皆不曾动手，也无动手机会，你为我各处说一声就得了。

现在已九点了，这地方太静，静得有些怕人。晚上风又大了些，也猛了些，希望它明天还能够如此吹一天，则到辰州必很早。我想最好我再过五天可到家……我一切信上皆不敢提及妈的病，我只担心她已很沉重，又担心她正已复元，却因我这短期回家，即刻分离增加她老人家的病痛。我心虚得很。三三，这十多天想来我已有很多信件了，我希望其中并无云六报告什么不吉消息。我还希望你们能把我各处来信看看，应复的你且为我一一复去。我这一走必忙坏了你……

三三，这河面静中有个好听的声音，是弄鱼人用一个大梆子，一堆火，搁在船头上，河中下了拦江钓，因此满河里去擂梆子，让梆声同火光把鱼惊起，慌乱的四窜便触了网。这梆声且轻重不同，故听来动人得很。这种弄鱼方法，你从书上是看不到的。还有用火照鱼，用鸡笼捕鱼，用草毒鱼种种方法，单看书，皆毫无叙述。

---

① 巴金其时正在北京。

② 杨先生，指杨振声先生。现代作家、教育家。当时负责组织沈从文等为华北中小学生编写教材和基本读物的任务。

我小船泊的地方是潭里，因此静得很，但却有种声音恐怕将使我睡不着。船底下有浪拍打，叮叮当当地响。时间已九点四十分，我的确得睡了……

弄鱼的梆声响得古怪，在这样安静地方，却听到这种古怪声音，四丫头若听到，一定又惊又喜。这可以说是一首美丽的诗，也可以说一种使人发迷着魔的符咒。因为在这种声音中，水里有多少鱼皆触了网，且同时一定也还有人因此联想到土匪来时种种空气的。三三，凡是在这条河里的一切，无一不是这样把恐怖、新奇同美丽糅合而成的调子！想领略这种美丽，也应得出一份代价。我出的代价似乎太多了点……我不放下这支笔，实在是我一点自私处。我想再同你说一会儿。在这样一叶扁舟中，来为三三写信，也是不可多得的！我想写个整晚，梦是无凭据的东西，反而不如就这样好！

……

二哥

十七日下十时一刻

船泊杨家岨

泸溪黄昏

十九下午七时

我似乎说过泸溪的坏话，泸溪自己却将为三三说句好话了。这黄昏，真是动人的黄昏！我的小船停泊处，是离城还有一里三分之一地方，这城恰当日落处，故这时城墙同城楼明明朗朗的轮廓，为夕阳落处的黄天衬出。满河是橹歌浮着！沿岸全是人说话的声音，黄昏里人皆只剩下一个影子，船只也只剩个影子，长堤岸上只见一堆一堆人影子移动，炒菜落锅的声音与小孩哭声杂然并陈，城中忽然哨的一声小锣，唉，好一个圣境！

我明天这时，必已早抵浦市了的。我还得在小船上睡那么一夜，廿一则在小客店过夜，如《月下小景》一书中所写的小旅店，廿二就在家中过夜了……

明天就到廿了，日子说快也快，说慢又慢。我今天同昨天在路上已看到许多白塔，许多就河边石上捶衣的妇人，而且还看到河边悬崖洞中的房屋，以及架空的碾子。三三，我已到了“柏子”的小河，而且快要走到“翠翠”的家乡了！日中太阳既好，景致又复柔和不少，我念你的心也由热情而变成温柔的爱。我心中尽喊着你，有上万句话，有无数的字眼儿，一大堆微笑，一大堆吻，皆为你而储蓄在心上！我到家中见到一切人时，我一定因为想念着你，问答之间将有些痴话使人不能了解。也许别人问我："你在北平好！"我会说："我三三脸黑黑的，所以北平也很好！"不是这么说也还会有别的话可说，总而言之则免不了授人一点点开玩笑的机会。母亲年老了，这老人家看到我有那么一个乖而温柔的三三，同时若让这老人家知道我们如何要好，她还会更高兴的。我在辰州时，云六说："妈还说'晓得从文怎么样就会选到一个屋里人？同他一样的既不成，同他两样的，更不好'。可是如今可来了，好了，原来也还有既不同样也不异样的人！"家中人看到我们很好，他们的快乐是你想不出的。他们皆很爱你，你却还不曾见过他们！

三三，昨天晚上同今晚上星子新月皆很美，在船上看天空尤可观，我不管冻到什么样子，还是看了许久星子。你若今夜或每夜皆看到天上那颗大星子，我们就可以从这一粒星子的微光上，仿佛更近了一些。因为每夜这一粒星子，必有一时同你眼睛一样，被我瞅着不旁瞬的。三三，在你那方面，这星子也将成为我的眼睛的！

你的二哥

十九下九时

再到柳林岔

二号上午九点

这个时节我的小船已行走了五十里路，快要到美丽的柳林岔了。今天还未天亮时，船上人乘着蒙蒙月就下了最大最长的一个青浪滩，船在浪里过去时，只听到吼声同怒浪拍打船舷声，各处全是水，但毫不使人担心。照规矩，下行船在潭口上游有红嘴老鸦来就食，这船就不会发生任何危险。老鸦业已来过，故船上人就不在乎了。说到这老鸦时也真怪，下行船它来讨饭，把饭向空中抛去，它接着，便飞去了。它却不向上行船打麻烦。今天无风，水又极稳，故预备一夜赶到桃源。但车子不凑巧，我也许不能不在常德停一天，必得后天方能过长沙。天气阴阴的，也不很冷，也无雨无雪，坐船得这样天气，可以说是十分幸福的。我觉得一天比一天接近你了，我快乐得很！

我今天又得吃鱼，水手的鱼真不可不吃，不忍不吃。鱼卖一毛钱一斤，不买它来吃，不说打鱼人，便是鱼也会多心的。我带来了不少腊肉、腊肠，还有十筒茶叶，一百橘子。还有个牛角，从苗巫师处得到，预备送一个人的。还有圈子，应作送四丫头等的钏子。还有梨子，味道并不怎样高明，但已是“五千里外远客”的梨子。还有印花布，可以做客厅垫单用的宝物！到长沙时，我或许为你们带了些酱油来，或许还可带两对鸭绒枕心作为垫子。我在长沙应蹲个半天，还应见四五个人，希望天晴，在街上可以多见识见识。长沙一切皆不恶，市面尤其好看。

……前天晚上我在辰州戴家吃消夜，差不多把每一样菜皆来上一把辣子，上到鱼翅时，我以为这东西大约不会辣了，谁知还是有一钱以上的胡椒末在汤中。可是到后上莲子，可归我独享了。回家时已十二点钟，先回家的大哥早已睡觉了。

我小船又在下滩了，好大的水！这水又窄又急，滩下还停顿得有卅来只大船等待一一上滩。那滩下转折处的远山，多神奇的设计！我只想把你一下捉到这里来，让你一惊，我真这么想。我稀奇那些住在对岸的人，对着这种山还毫不在乎。

我这时已吃过了一顿模范早餐，我吃完了饭，水手也吃完了饭，各人在吸丝烟，船在一个艄公桨下顺流而下，这长潭，又是多么神奇的境界！我吃的是一大碗糙米饭，一碗用河水煮就的河鱼，一碗紫菜苔，一点香肠。三斤半的鲤鱼我大约吃了十二两，一个大尾巴，用茶油煎成黄色的家伙，我差不多完全吃光了。假若这样在船上半年，不必读一本书，我一定也聪明多了。河鱼味道我还缺少力量来描写它。

在岸上吃过饭后的人总懒些呆些，在船上可两样了。我在船上每次把饭吃过以后，人总非常舒服。只想讲话，只想动，只想写。六月里假若我们还可以有一个月离开北平，我以为纵不是过辰州避暑，也不妨来湖南坐坐我所坐的小船，因为单是船上这种生活，只要一天，你就会觉得其他任何麻烦皆抵消了。这河上的一切，你只需看一眼，你就会终生不忘的。等着六月再看吧，若果六月时短期离开北平不是件大事，我们就来到这河上证实一下我所说的一切吧。

今天一点儿风也不起，我的小船一个整天会在这条河上走两百里路的。今天所走的路，抵前次上行四天所走的路。你只想想这个比数，也就可以想象得出这段河流的速度了。

二哥

十二点或者还欠些

（我表已不在手边了）

重抵桃源

我小船这时就到了桃源，想不到那么快的。这时大约还不过八点钟，算算时间，昨天从八点到下六点计十个钟头，今天从上六点到下八点计十四个钟头，一共廿四个钟头便把上行的六天所走的路弄完了。若不为了过常德取你的信，我明天是就可以到长沙的。若照如此经济办法说来，则从辰州到北平，也不过只需要七天或六天的日子罢了。我的小船这时已停泊了，我今夜还在船上睡觉，明天一早就搭了汽车过常德。我估想到那旅馆可以接到你三个信，有两个信却是同一天付邮的。这信中所说的正是我要听的话，不管是骂我也行，我希望至少有一个信，在火车上方不寂寞。我要水手为我买了十个桃源鸡蛋，也许居然还可以带一个把到北平。想到我不过五天就可以见着你，我今晚上可睡不着了。我有点发慌，我知道你们这时节是在火炉边计算着我的路程的。我仿佛看着你们。我慌得很！我们不在一块儿太久了！你真万想不到我每个日子如何地过。

我今天又看了一本新书，日本人所作的，提到近代艺术的一般思潮，文章还好却也不顶好。我想这种书你一定不高兴看，但这种书能耐耐烦烦看下去，对你实在很有益处。一般人不能作论文，不是无作论文的能力，只是不会作。看了这本书，也许多少有些好处。

这里有人用废缆做火炬，一面晃着一面在河边走路，从舱口望去好看得很。

二哥

二月二日晚

叁……

我的城镇有条寂寞的长街

在这雨声中，这一帮的人念到那一帮的人，
同做不经常的梦一样。

游二闸

到晚来，料不到的是天气会骤变，天空响了雷，催来了急雨。人坐在灯下，听到院中雷声雨声的喧闹，像是两人正在那里争持一种两可的意见，怀想着二闸及二闸一切，正因为有雨声雷声，人反而更觉寂寞了。

这时的二闸，是不是也正落着像有人在半空用瓢浇下的雨，是使人关心的事。无论雨是否落到了二闸，凡是日间在闸下，那些赤精了身体，钻到水瀑下面去摸游客掷下铜子的小孩，想来大概都全回家了。家中有着弟妹的，或者还正将着日间从水里摸到的铜子，炫耀给那弟弟妹妹看。弟妹伸手要，但不成，这是自己的，于是，抱在做母亲的手上更小的孩子哭了。于是，作母亲的赏哥哥一掌，于是大的也哭起来。从这种推想下，我便依稀听到一种急剧的短而促的孩子的哭声，深深悔我当时的吝啬。多掷下铜子数枚，在我不过少坐一趟车，在别人家庭，不是就可以免掉那不必起的争端么？也许其中还有那无父无母的孤儿，这时就正把从我们手下得来的铜子，向附近小铺子买了烧饼在那庙门下嚼吧。也许在这些孩子当中，有着那病瘫的母亲，其中孩子的一个，这时就正在他母亲炕前跪着呈奉那一枚铜子，领受那病人瘦手在脸部抚摩吧。也许有空手转家去的孩子，到家时，正为父亲责着，说是生来无用，抢不得一钱，挨着骂，低头在灶边吃窝窝头。也许还有用这钱供家中赎当。……在各式各样的想象下，都使我深悔不多给这些孩子一点钱。我且奇怪起我自己来，为什么当时明明见到这些人伸手，就能毅然不理，且装着滑稽口吻，向这些人连说“回头见！”若这些孩子，这时还能想到游客中的我们，对我们有所抱怨，也是自然而且应该的事情。

孩子们对这雷雨是喜悦还是忧愁，也使我关心。落了雨，闸下水瀑益大，来二闸玩看水瀑的人当益多，则可以从各种娱乐游客的技艺中多得些铜子，看来孩子们应当感谢这天气的骤变了。

然而一落雨，河里的水当更冷。天气已近到深秋，适宜于裸着身子在瀑下钻来爬去的时期似乎已过去。纵有多数游人乐于把钱掷到瀑里去，下水淘摸不已变成一件苦事么？并且，跟着这秋来的便是那能将一切凝成冰冻的冬天，到了瀑水溪河全结了薄冰以后，这些孩子们，又将什么来供游二闸人娱乐以自娱？推冰车冰船吧，这又不是一个不到十二岁的孩子们的事。如果这时我还有那往游二闸的兴趣，大概可以见着他们站在闸堤旁缩成一团很无聊的望那冬景了。住在二闸左右的人家，似乎没有一家称得起中产小康的。那萧条景色，到春天还没有能改变过来，这些孩子们，自然也不会有受教育机会了。运河恢复清以来旧观，已是本地人所不敢梦想的事。二闸纵有着一点空名，足以在春夏二季吸引一些好事的人的游踪，然二闸在天然淘汰下，亦只有日复一日萧条下去了！这些孩子，眼见的还有着那比自己更小的一辈，正在努力学着泅水学着打汆子[①]，以图来年夏季的发财。大一点的，将渐渐长大，若不去务农，总仍然是在划船赶骡两种职业上找到他的终身浪荡生活。但小一点的，到可以从高堤坎上翻筋斗下掷的年龄，又来供谁开心？并且，那新补了父兄划船职业的纤手舵手青年男子，对于他的职业是不是还能像今天那掌舵汉子对于生活的乐观？到那时，船上所载的，总不外乎粪肥、稻草、干柴、芦苇束之类，再要白脸新衣的学生，花两毛钱到这船上来嗅这微臭的空气，把船在这从北京流出的阳沟水面上缓缓地驶行，是办得到的事么？

从这个小小地方，想到国内许多人许多事业，在社会进化过程中消沉灭亡的情形，见到这一类人无可奈何地只能在这旧的事业、在这一小块土地上，艰难地度过他们的终生，心中为一种异样惨戚所浸溺，觉得这些人的命运，正和中国我所知道的大小城市乡村的孩子命运差不多，不会有什么前途可言。

到了二闸玩一天，要像许多许多人，记那一个城里人下乡的记录，且赞美着说是秋来天色草木如何如何美，这在我是不可能

① 即潜水。

的事。北京的天气，不拘何时都很容易见到那种四望无边如同一块月蓝竹布天幕的。因为昨夜的雨把空气滤过一道，空中无灰尘，纵着微风，人也不难受。公寓中我住的是东屋，太阳早上晒不着，颇觉冷，一出城，则疑心这是春天刚完的初夏，背当着太阳，就渐渐地发热了。

沿着铁轨从崇文门到东便门，又沿着运河从东便门到了二闸，是步行去的。陪着我走的，有也频①和他的同伴。这一次，算我们今年来走得最远的一次散步了。在另一个时期中，我能负背囊全套及子弹二十八排，另外加扛一支曼里夏五响枪，每日随到大队走八十里路，并且一连走六天，把我自己以及一个头等兵的家业从我本乡运到川东去。这事情，在近来谈及，不知不觉就要采用一点骄傲朋友兼自炫其英雄的口气了。因为自从来到北京后，我的生活只给了我在桌边尽呆的机会，按照那“一种能力久久不用便归消灭”的一条自然规律，我的行路本事在我自己看来就早已失去了。今天居然走到了二闸，腿膝又还似乎并不十分倦，我又觉得多少我还保留一些旧日的本领！

走到后，一切同前年，水同两岸的房子，全是害着病一样。若是单把这些破旧房子陈列在眼前，教人分不出时季。冬天这些门前也是有着那粪肥味与干草味，小小的成群飞着的虫子，似乎是在春夏秋三个节候里都还存在。光身的蹲在补锅匠的炉边看热

① 即胡也频，现代作家，著名的“左联五烈士”之一。

闹的小孩子，见了人来就把眼睛睁得多大，来看这些不认识的体面的来客。船夫在我们身上做起小小的梦了。赶骡人在我们身上做起梦来了。孩子们有些本来披着衣服在闸上蹲着望水的，开始脱下一切沿着那堤坎旁边一株下垂的树跳下水去了。因了我们来此，至少有二十个人做着发“小洋财”的好梦。这些梦，在各人脸上，在各人和蔼的话语里，在一切叫嚷空气中，都可以看出。

在闸边稍呆一会，于是便有个很有礼貌的孩子挨到身边来，说有一毛钱，便可以从这三丈高的堤上下掷到水中。可我们并不需要瞧的。于是这孩子又致词，说是把钱掷丢到水瀑下去，哥儿们能找到。也频按照他的建议，试掷了一钱，即刻便为一个猴儿精小子把钱用口衔着了。再掷了一钱，便又见到这四个五个如同故事上所传海和尚一样的孩子钻进瀑下去即刻又出来。

“先生，你把你那银角子扔下去，呆会儿，大家就全下水了。”

全下水，总有二十个以上吧。一枚铜子有四人竞争，一枚银角便有二十人抢夺，从这里我可以了解钱在此地的意义。十个二十个人全下水，万一因抢夺不已，其中一个为水所淹没，怎么办？为了莫太使那大一点的狡猾的孩子得意，也频虽身边有钱也不掷了。但为了莫过分给那不中用的孩子失望，我故意把钱抛到较浅水中去，待到最小那一个口中也衔着一枚铜子时，我们跳上回头的船了。

我们还为他们带了一些欢喜来，这是我们先前所想不到的。但是像这种天气，能够从城中为二闸的人带些小小幸福来，人像是已越来越少了。因此到了那铁桥边遇到第二批四个男女学生模样的人时，我就为那些孩子高兴。

“怎么二闸这样荒凉地方也值得人称道？”

这疑惑，在我心上咬着，如同陶然亭一样，我真不明白。此时得我们的舵公给了一个详确解释了。

这老者，一面不忘用两手揹着那可怜舵把——舵把用“可怜”字样，不是我夸张，我总疑心那是别个人家废辘轳上一段朽木头。——他说道：

“先前几年，虽不算热闹，但并不荒凉，一年四季来这玩的人多着啦。”

“怎么来？”我问，想得到这原由。“说不定这又同三官庙、鹦鹉冢一样，因为是有着公主或郡主属于女子一类艳闻传说而来的。”我心想。

话匣子，先是只揭去封条，如今可为我给掀开盖子了。除了用一些话帮助他叙述下去以外，我们用手扶着船棚架子只是静静听。

从他口中我们才知道，以前运粮大船，长达十来丈。一些生长在北方的老乡，单为看船，也就有走到二闸一趟的需要了。那时内城既“闲人免入”，其他如戏场、市场、天桥又全不曾有什么玩的地方，所以把喝茶一类北方式的雅兴全部寄托到这运河最后一段的二闸，也是自然的结果。因此我们又才明白二闸赋予北京人的意义，且寓雅俗共赏的性质，比之陶然亭，单在适于新旧诗迷作诗却大不相同。

关于这运河，那老者说，这对清室也还有一种用意。粮食何必得拨来拨去？从通州到此还得拨粮五次才入京，比陆路更费。然而为了这里的闲人着想，使之既不至因无工作而缺食，又不至徒邀恩而懒废，故这条河在京奉路通车以后还有物可运。宣统皇帝退了位，就没有人想到此事了。这老者对于满人政治手段当然是同意，可没有说到这一批船户一批靠运河吃饭的人改业以后怎么样，但从靠接送游人的船生意萧条上看，也就可想而知，随了地方的衰败以后凋落不少门户了。我略一闭目，就似乎见到一只八丈九丈长的崭新运粮船从后面撑来，同我们的船并排前进，一支高高的桅子竖起，拉船是用一百个纤手。这些纤手多穿着新蓝布长衫，头上是红缨帽子，有些还能从容取出荷包里的鼻烟壶，倒出一小撮褐色粉末向鼻孔里按。又有一人，在船舷上站立，这人职位应属于游击、参将一类，穿的衣服戴的帽子都极其鲜明，手上还套了一个碧玉扳指，这人便是我从书上知道的运粮官。又有一个人，穿戴把总衣帽，马蹄袖子翻卷起，口上轻轻骂着纯京腔的“混账忘八蛋”一类官场中的雅言督促着纤夫。这人是正两手把着舵（舵的把手当然雕刻的是犀牛、独角兽那类能够分水的怪兽的头）。这人脸相便是此刻我们船上这位老艄公脸相，不过年轻得多。河中的水也还清澄，可以见鱼鳖在水藻内追逐。……我倒记得分明我们船上也正有着一位同样好看品貌的“舵把子”时，微细的风送来一阵河水的臭味，那大的运粮船便消失了。

我心想，可惜这运粮船，也频和他的同伴都无缘能看见，独自己是俨然欣赏一番了，就不觉好笑，也许也频在虚空中所见到的是另一种式样的船吧。因为当那艄公在述及那大船来去时，也频的眼正微闭，似乎在他自己脑中用着艄公所给的材料，也建筑了一只合于经验的船啊！

用一些无所事事的小孩子，身子脱得精光，把皮肤让六月日头炙得成深褐，露着两列白白的牙齿，狡猾地从水中冒出头来讨零钱，代替了大批运粮船来去供人的观览，二闸的寂寞，在那艄公心上骡夫心上都深深地蕴藉着！当我想到这些人，只在天气的恩惠下得一毛两毛钱，度着无聊无赖的生活，心上也就觉得有颇深的寂寞了。在今年，我们什么时候再能来到二闸玩玩？单是记着临下船时那一句“回头见”套话，似乎在最近一个月内我们还应重来一次。

“大通桥的鸭子——各分各帮。”

多给了二十枚酒钱，得到了二闸人奉赠的一句土话。在大通桥下的白色大鸭子，的确像是能够各找到各的队伍，到时便会从容分开的。我们同二闸也分开了。回到北京城来，在一些富人贵人得意男女队伍中驻足，我总是自觉人是站在另外一边样子的。

二闸人倘若有那闲思想，能够想到今天日里来二闸玩的我们，又不知道要以为我们同他那里的世界距离有多远了。

在这雨声中，这一帮的人念到那一帮的人，同做不经常的梦一样。说不定有人也正把那充满善意的思念系在我们这一边！

一九二七年九月二十二日深夜作完

街

有个小小的城镇，有一条寂寞的长街。

那里住下许多人家，却没有一个成年的男子。因为那里出了一个土匪，所有男人便都被人带到一个很远很远的地方去，永远不再回来了。他们是五个十个用绳子编成一连，背后一个人用白木梃子敲打他们的腿，赶到别处去作军队上搬运军火的伕子的。他们为了“国家”应当忘了“妻子”。

大清早，各个人家从梦里醒转来了。各个人家开了门，各个人家的门里，皆飞出一群鸡，跑出一些小猪，随后男女小孩子出来站在门限上撒尿，或蹲到门前撒尿，随后便是一个妇人，提了小小的木桶，到街市尽头去提水。有狗的人家，狗皆跟着主人身前身后摇着尾巴，也时时刻刻照规矩在人家墙基上抬起一只腿撒尿，又赶忙追到主人前面去。这长街早上并不寂寞。

当白日照到这长街时，这一条街静静的像在午睡，什么地方柳树桐树上有新蝉单纯而又倦人的声音，许多小小的屋里，湿而发霉的土地上，头发干枯脸儿瘦弱的孩子们，皆蹲在土地上或伏在母亲身边睡着了。做母亲的全按照一个地方的风气，当街坐下，织男子们束腰用的板带过日子。用小小的木制手机，固定在房角一柱上，伸出憔悴的手来，敏捷地把手中犬骨线板压着手机的一端，退着粗粗的棉线，一面用一个棕叶刷子为孩子们拂着蚊蚋，带子成了，便用剪子修理那些边沿，等候每五天来一次的行贩，照行贩所定的价钱，把已成的带子收去。

许多人家门对着门，白日里，日头的影子正正地照到街心不动时，街上半天还无一个人过身。每一个低低的屋檐下人家里的妇人，各低下头来赶着自己的工作，做倦了，抬起头来，用疲倦忧愁的眼睛，张望到对街的一个铺子，或见到一条悬挂到屋檐下的带样，换了新的一条，便仿佛奇异的神气，轻轻地叹着气，用犬骨板击打自己的下颌，因为她一定想起一些事情，记忆到由另一个大城里来的收货人的买卖了。她一定还想到另外一些事情。

有时这些妇人把工作停顿下来，遥遥地谈着一切。最小的孩子饿哭了，就拉开衣的前襟，抓出枯瘪的乳头，塞到那些小小的口里去。她们谈着手边的工作，谈着带子的价钱和棉纱的价钱，谈到麦子和盐，谈到鸡的发瘟、猪的发瘟。

街上也常常有穿了红绸子大裤过身的女人，脸上抹胭脂擦粉，小小的髻子，光光的头发，都说明这是一个新娘子。到这时，小孩子便大声喊着看新娘子，大家完全把工作放下，站在门前望着，望到看不见这新娘子的背影时才重重地换了一次呼吸，回到自己的工作凳子上去。

街上有时有一只狗追一只鸡，便可以看见到一个妇人持了一长长的竹子打狗的事情，使所有的孩子们都觉得好笑。长街在日里也仍然不寂寞。

街上有时什么人来信了，许多妇人皆争着跑出去，看看是什么人从什么地方寄来的。她们将听那些识字的人，念信内说到的一切。小孩子们同狗，也常常凑热闹，追随到那个人的家里去，那个人家便不同了。但信中有时却说到一个人死了的这类事，于是主人便哭了。于是一切不相干的人，围聚在门前，过一会，又即刻走散了。这妇人，伏在堂屋里哭泣，另外一些妇人便代为照料孩子，买豆腐，买酒，买纸钱，于是不久大家都知道那家男人已死掉了。

街上到黄昏时节，常常有妇人手中拿了小小的筐箩，放了一些米，一个蛋，低低地喊出了一个人的名字，慢慢地从街这端走到另一端去。这是为不让小孩子夜哭发热，使他在家中安静的一种方法，这方法，同时也就娱乐到一切坐到门边的小孩子。长街上这时节也不寂寞的。

黄昏里，街上各处飞着小小的蝙蝠。望到天上的云，同归巢还家的老鸹，背了小孩子们到门前站定了的女人们，一面摇动背上的孩子，一面总轻轻地唱着忧郁凄凉的歌，娱悦到心上的寂寞。

“爸爸晚上回来了，回来了，因为老鸹一到晚上也回来了！”

远处山上全紫了，土城擂鼓起更了，低低的屋里，有小小油灯的光，为画出屋中的一切轮廓，听到筷子的声音，听到碗盏磕碰的声音……但忽然间小孩子又哇地哭了。

爸爸没有回来。有些爸爸早已不在这世界上了，但并没有信来。有些临死时还忘不了家中的一切，便托便人带了信回来。得到信息哭了一整夜的妇人，到晚上便把纸钱放在门前焚烧。红红的火光照到街上下人家的屋檐，照到各个人家的大门。见到这火光的孩子们，也照例十分欢喜。长街这时节也并不寂寞的。

阴雨天的夜里，天上漆黑，街头无一个街灯，狼在土城外山嘴上嗥着，用鼻子贴近地面，如一个人的哭泣，地面仿佛浮动在这奇怪的声音里。什么人家的孩子在梦里醒来，吓哭了，母亲便说：“莫哭，狼来了，谁哭谁就被狼吃掉。”

卧在土城高处木棚里老而残废的人，打着梆子。这里的人不须明白一个夜里有多少更次，且不必明白半夜里醒来是什么时候。那梆子声音，只是告给长街上人家，狼已爬进土城到长街，要他们小心一点门户。

一到阴雨的夜里，这长街更不寂寞，因为狼的争斗，使全街热闹了许多。冬天若夜里落了雪，则早早地起身的人，开了门，便可看到狼的脚迹，同糍粑一样印在雪里。

一九三一年五月十日作

市集

廉纤的毛毛细雨，在天气还没有大变以前欲雪未能的时节，还是霏霏微微落将下来。一个小小乡场，位置在又高又大陡斜的山脚下，前面濒着躲躲儿①的河，被如烟如雾雨丝织成的帘幕，一起把它蒙罩着了。

照例的三八市集②，还是照例的有好多好多乡下人，小田主，买鸡到城里去卖的小贩子，花幞头大耳环丰姿隽逸的苗姑娘，以及一些穿灰色号褂子口上说是来察场讨人烦腻的副爷们，与穿高筒子老牛皮靴的团总，各从附近的乡村来做买卖。他们的草鞋底半路上带了无数黄泥浆到集上来，又从场上大坪坝内带了不少的灰色浊泥归去。去去来来，人也数不清多少。

集上的骚动，吵吵闹闹，凡是到过南方（湖湘以西）乡下的人，是都会知道的。

---

①“躲躲儿”，凤凰方言，小小儿的意思。

② 湘西赶集，凡邻近的墟场，将赶集的日子岔开，一处为每月的逢一、六，另一处则逢二、七，余类推。三八市集，即每月的逢三、逢八日为赶集日子。

倘若你是由远远的另一处地方听着，那种喧嚣的起伏，你会疑心到是滩水流动的声音了！

这种洪壮的潮声，还只是一般做生意人在讨论价钱时很和平的每个论调而起。就中虽也有遇到卖牛的场上几个人像唱戏黑花脸出台时那么大喊大嚷找经纪人，也有因秤上不公允而起口角——你骂我一句娘，我又骂你一句娘，你又骂我一句娘……然而究竟还是因为人太多，一两桩事，实在是万万不能做到的！

卖猪的场上，他们把小猪崽的耳朵提起来给买主看时，那种尖锐的嘶喊声，使人听来不愉快至于牙齿根也发酸。

卖羊的场上，许多美丽驯服的小羊儿咩咩地喊着。一些不大守规矩的大羊，无聊似的，两个把前蹄举起来，作势用前额相碰。大概相碰是可以驱逐无聊的，所以第一次訇地碰后，却又作势立起来为第二次预备。牛场却单独占据在场左边一个大坪坝，因为牛的生意在这里占了全部交易四分之一以上。那里四面搭起无数小茅棚（棚内卖酒卖面），为一些成交后的田主们喝茶喝酒的地方。那里有大锅大锅煮得“稀糊之烂”的牛脏类下酒物，有大锅大锅香喷喷的肥狗肉，有从总兵营一带担来卖的高粱烧酒，也还有城里馆子特意来卖面的。假若你是城里人来这里卖面，他们因为想吃香酱油的缘故，都会来你馆子，那么，你生意便比其他铺子要更热闹了。

到城里时，我们所见到的东西，不过小摊子上每样有一点罢了！这里可就大不相同。单单是卖鸡蛋的地方，一排一排地摆列着，满箩满筐地装着，你数过去，总是几十担。辣子呢，都是一屋一屋搁着。此外干了的黄色草烟，用为染坊染布的五倍子和栎木皮，还未榨出油来的桐茶子，米场白濛白濛了的米，屠桌上大只大只失了脑袋刮得净白的肥猪，大腿红腻腻还在跳动的牛肉……都多得怕人。

不大宽的河下，满泊着载人载物的灰色黄色小艇，一排排挤挤挨挨地相互靠着也难于数清。

集中是没有什么统系制度。虽然在先前开场时，总也有几个地方上的乡约伯伯、团总、守汛的把总老爷，口头立了一个规约卖物的照着生意大小缴纳千分之几——或至万分之几，但也有百分之几——的场捐，或经纪佣钱、棚捐，不过，假若你这生意并不大，又不须经纪人，则不须受场上的拘束，可以自由贸易了。

到这天，做经纪的真不容易！脚底下笼着他那双厚底高筒的老牛皮靴子（米场的），为这个爬斗，为那个倒箩筐。（牛羊场的）一面为这个那个拉拢生意，身上让卖主拉一把，又让买主拉一把；一面又要顾全到别的地方因争持时闹出岔子的调排，委实不是好玩的事啊！大概他们声音都略略嚷得有点嘶哑，虽然时时为别人扯到馆子里去润喉。不过，他今天的收入，也就很可以酬他的劳苦了。

……

因为阴雨，又因为做生意的人各都是在另一个村子里住家，有些还得在散场后走到二三十里路的别个乡村去；有些专靠漂场[1]生意讨吃的还待赶到明天那个场上的生意，所以散场很早。

不到晚炊起时，场上大坪坝似乎又觉得宽大空阔起来了！……再过些时候，除了屠桌下几只大狗在啃嚼残余因分配不平均在那里不顾命的奋斗外，便只有由河下送来的几声清脆篙声了。

归去的人们，也间或有骑着家中打筛的雌马，马项颈下挂着一串小铜铃叮叮当当跑着的，但这是少数；大多数还是赖着两只脚在泥浆里翻来翻去。他们总笑嘻嘻地担着箩筐或背一个大竹背笼，满装上青菜、萝卜、牛肺、牛肝、牛肉、盐、豆腐、猪肠子一类东西。手上提的小竹筒不消说是酒与油。有的拿草绳套着小猪小羊的颈项牵起忙跑；有的肩膊上挂了一个毛蓝布绣有白四季花或“福”字“万”字的褡裢，赶着他新买的牛（褡裢内当然已空）；有的却是口袋满装着钱心中满装着欢喜，——这之间各样人都有。

我们还有机会可以见到许多令人妒羡、赞美、惊奇，又美丽、又娟媚、又天真的青年老奶（苗小姐）和阿妍（苗妇人）。

一九二五年三月二十日于窄而霉小斋作

---

① 赶集，湘西俗称赶场。“漂场”即赶完一个市集，第二天又赶邻近的又一个市集，如此连续不断。

过节和观灯

端午给我的特别印象

说起过节和观灯，每人都有一份不同的经验。

中国是世界上一个大国，地面广，人口多，历史长，分布全国各民族语言文化风俗习惯又不一样，所以一年四季就有许多种节日，使用不同方式，分别在山上、水边、乡村、城镇举行。属于个人的且家家有分。这些节日影响到衣食住行各方面，丰富人民生活的内容，扩大历史文化的面貌，也加深了民族团结的感情。一般吃的如年糕、粽子、月饼、腊八粥，玩的如花炮、焰火、秋千、风筝、灯彩、陀螺、兔儿爷、胖阿福，穿戴的如虎头帽、猫猫鞋、作闹龙舟和百子观灯图的衣裙、坎肩、涎围和围裙……就无一不和节令密切相关。较古节日已延长了二三千年，后起的也有千把年历史，经史等古籍中曾提起它种种来历和举行的仪式。大多数节日常和农事生产相关，小部分则由名人故事或神话传说而来，因此有的虽具全国性，依旧会留下些区域特征。比如为纪念屈原的五月端阳，包粽子，悬蒲艾，戴石榴花，虽然已成全国习惯，但南方的龙舟竞渡，给青年、妇女及小孩子带来的兴奋和快乐，就决不是生长在北方平原的人所能想象的！

大江以南，凡是有河流可通船舶处，无论大城小市，端午必照例举行赛船。这些特制龙船多窄而长，有的且分五色，头尾高张，转动十分灵便。平时搁在岸上，节日来临前，才由二三十个特选少壮青年，在鞭炮轰响、欢笑呼喊中送请下水。初五叫小端阳，十五叫大端阳，正式比赛或由初三到初五，或由初五到十五。沅水流域的渔家子弟，白天玩不尽兴，晚上犹继续进行，三更半夜后，住在河边的人从睡梦中醒来时，还可听到水面飘来蓬蓬当当的锣鼓声。近年来我的记忆力日益衰退，可是四十多年前在一条六百里长的沅水和五个支流一些大城小镇度过的端阳节，由于乡情风俗热烈活泼，将近半个世纪，种种景象在记忆中还明朗清楚，不褪色，不走样。

因此还可联想起许多用“闹龙舟”作题材的艺术品。较早出现的龙舟，似应数敦煌壁画，东王公坐在上面去会西王母，云游远方，象征“驾六龙以驭天”。画虽成于北朝人手，最先稿本或可早到汉代。其次是《洛神赋图卷》，也有个相似而不同的龙舟，仿佛“驾玉虬而偕逝”情形，作为曹植对洛神的眷恋悬想。虽历来当作晋代大画家顾恺之手笔，产生时代又可能较晚些。还有个长及数丈元明人传摹唐李昭道[①]《阿房宫图卷》，也有几只装饰华美的龙凤舟，在一派清波中从容荡漾，和结构宏伟建筑群相呼应。只是这些龙舟有的近于在水云中游行的无轮车子，有的又和五月端阳少直接关系。由宋到清，比较著名的画还有张择端《金明争标图》，宋人《龙舟图》，元人王振鹏[②]《龙舟竞渡图》，宋人《西湖竞渡图》，明人《龙舟竞渡图》……画幅虽不大，作得都相当生动美丽，反映出部分历史真实。故宫收藏清初十二月令画轴《五月端阳龙舟图》，且画得格外华美热闹。

此外明清工人用象牙、竹木和剔红雕填漆作的龙船，也有工艺精巧绝伦的。至于应用到生活服用方面，实无过西南各省民间挑花刺绣。被面、帐檐、门帘、枕帕、围裙、手巾、头巾，和小孩穿的坎肩、涎围，戴的花帽，经常都把闹龙舟作主题，加以各种不同艺术表现，作得异常精美出色。当地妇女制作这些刺绣时，照例必把个人节日欢乐的回忆，做新嫁娘做母亲对于家庭的幸福愿望，对于儿女的热爱关心，连同彩色丝线交织在图案中。闹龙舟的五彩版画，也特别受农村中和长年寄居在渔船上货船上的妇孺欢迎，能引起他们种种欢乐回忆和联想。

---

① 李昭道：唐代画家。

② 王振鹏：元代画家。

记忆中的云南跑马节

还有特具地方性的跑马节，是在云南昆明附近乡下跑马山下举行的。这种聚集了近百里内四乡群众的盛会，到时百货云集，百艺毕呈，对于外乡人更加开眼。不仅引人兴趣，也能长人见闻。来自四乡载运烧酒的马驮子，多把酒坛连驮架就地卸下，站在一旁招徕主顾，并且用小竹筒不住舀酒请人品尝。有些上点年纪的人，阅兵点将一般，到处走去，点点头又摇摇头，平时若酒量不大，绕场一周，也就不免给那喷鼻浓香酒味熏得摇摇晃晃有个三分醉意了。各种酸甜苦辣吃食摊子，也都富有云南地方特色，为外地所少见。妇女们高兴的事情，是城乡第一流银匠到时都带了各种新样首饰，选平敞地搭个小小布棚，展开全部场面，就地开业，煮、炸、捶、钻、吹、镀、嵌、接，显得十分热闹。卖土布鞋面枕帕的，卖花边阑干、五色丝线和胭脂水粉香胰子的，都是专为女主顾而准备。文具摊上经常还可发现木刻《百家姓》和其他老式启蒙读物。

大家主要兴趣自然在跑马，特别关心本村的胜败，和划龙船情形相差不多。我对于赛马兴趣并不大。云南马骨架多比较矮小，近于古人说的“果下马”，平时当坐骑，爬山越岭腰力还不坏，走夜路又不轻易失蹄。在平川地作小跑，钻子步走来匀称稳当，也显得满有精神。可是当时我实另有所会心，只希望从那些装备不同的马背上，发现一点“秘密”。因为我对于工艺美术有点常识，漆器加工历史有许多问题还未得解决。读唐宋人笔记，多以为“犀皮漆”作法来自西南，系由马鞍鞯涂漆久经磨擦而成。“波罗漆”即犀皮中一种，“波罗”由樊绰《蛮书》得知即老虎别名，由此可知波罗漆得名便在南方。但是缺少从实物取证，承认或否认仍难肯定。我因久住昆明滇池边乡下，平时赶火车入城，即曾经从坐骑鞍桥上发现有各种彩色重叠的花斑，证明《因话录》等记载不是全无道理。所谓秘密，就是想趁机会在那些来自四乡装备不同的马背上，再仔细些探索一下究竟。结果明白不仅有犀皮漆云斑，还有五色相杂牛皮纹，正是宋代“绮纹刷丝漆”的作法。至于宋明铁错银马镫，更是随处可见。云南本出铜漆，又有个工艺传统，马具制作沿袭较古制度，本来极平常自然。可是这些小发现，对我说来却意义深长，因为明白“由物证史”的方法，此后应用到研究物质文化史和工艺图案发展史，都可得到不少新发现。当时在人马群中挤来钻去，十分满意，真正应和了古人说的，“相马于牝牡骊黄之外”。但过不多久，更新的发现，就把我引诱过去，认为从马背上研究老问题，不免近于卖呆，远不如从活人中听听生命的颂歌为有意思了。

原来跑马节还有许多精彩的活动，在另外一个斜坡边，比较僻静长满小小马尾松林子和荆条丛生的地区，那里到处有一簇簇年轻男女在对歌，也可说是“情绪跑马”，热烈程度绝不下于马背翻腾。云南本是个诗歌的家乡，路南和迤西歌舞早著名全国。这一回却更加丰富了我的见闻。

这是种生面别开的场所，对调子的来自四方，各自蹲踞在松树林子和灌木丛沟凹处，彼此相去虽不多远，却互不见面。唱的多是情歌酬和，却有种种不同方式。或见景生情，即物起兴，用各种丰富比喻，比赛机智才能。或用提问题方法，等待对方答解。或互嘲互赞，随事押韵，循环无端。也唱其他故事，贯穿古今，引经据典，当事人照例心中一本册，滚瓜熟，随口而出。在场的既多内行，开口即见高低，含糊不得。所以不是高手，也不敢轻易搭腔。那次听到一个年轻妇女一连唱败了三个对手，逼得对方哑口无言，于是轻轻地打了个吆喝，表示胜利结束，从荆条丛中站起身子，理理发，拍拍绣花围裙上的灰土，向大家笑笑，意思像是说："你们看，我唱赢了"，显得轻松快乐，拉着同行女伴，走过江米酒担子边解口渴去了。

这种年轻女人在昆明附近村子中多的是。性情明朗活泼，劳动手脚勤快，生长得一张黑中透红的脸，满口白白的牙齿，穿了身毛蓝布衣裤，腰间围了个钉满小银片扣花葱绿布围裙，脚下穿双云南乡下特有的绣花透孔鞋，油光光辫发盘在头上。不仅唱歌十分在行，大年初一和同伴各个村子里去打秋千，用马皮做成三丈来长的秋千条，悬挂在路旁高树上，蹬个十来下就可平梁，还悠游自在若无其事！

在昆明乡下，一年四季早晚，本来都可以听到各种美妙有情的歌声。由呈贡赶火车进城，向例得骑一匹老马，慢吞吞地走十里路。有时赶车不及还得原骑退回。这条路得通过些果树林、柞木林、竹子林和几个有大半年开满杂花的小山坡。马上一面欣赏土坎边的粉蓝色报春花，在轻和微风里不住点头，总令人疑心那个蓝色竟像是有意摹仿天空而成的。一面就听各种山鸟呼朋唤侣，和身边前后三三五五赶马女孩子唱的各种本地悦耳好听山歌。有时面前三五步路旁边，忽然出现个花茸茸的戴胜鸟，矗起头顶花冠，瞪着个油亮亮的眼睛，好像对于唱歌也发生了兴趣，经赶马女孩子一喝，才扑着翅膀掠地飞过。这种鸟大白天照例十分沉默，可是每在晨光熹微中，却欢喜坐在人家屋脊上，“郭公郭公”反复叫个不停。最有意思的是云雀，时常从面前不远草丛中起飞，扶摇盘旋而上，一面不住唱歌，向碧蓝天空中钻去。仿佛要一直钻透蓝空。伏在草丛中的云雀群，却带点鼓励意思相互应和。直到穷目力看不见后，忽然又像个小流星一样，用极快速度下坠到草丛中，和其他同伴会合，于是另外几只云雀又接着起飞。赶马女孩子年纪多不过十四五岁，嗓子通常并没经过训练，有的还发哑带沙，可是在这种环境气氛里，出口自然，不论唱什么，都充满一种淳朴本色美。

大伙儿唱得最热闹的叫“金满斗会”，有一次在龙街村子里举行，到时候住处院子两楼和那道长长屋廊下，集合了附近几个乡村男女老幼百多人，六人围坐一矮方桌，足足坐满了三十来张桌子，每桌各自轮流低声唱《十二月花》，和其他本地好听曲子。声音虽极其轻柔，合起来却如一片松涛，在微风摇荡中舒卷张弛不定，有点龙吟凤哕意味。仅是这个唱法就极其有意思。唱和相续，一连三天才散场。来会的妇女占多数，和逢年过节差不多，一身收拾得清洁利索，头上手中到处是银光闪闪，使人不敢认识。我以一个客人身份挨桌看去，很多人都像面善，可叫不出名字。随后才想起这里是村子口摆小摊卖酸泡梨的，那里有城门边挑水洗衣的，此外打铁箍桶的工匠家属，小杂货商店的老板娘子，乡村土医生和阉鸡匠，更多的自然是赶马女孩子和不同年龄的农民和四处飘乡赶集卖针线花样的老太婆，原来熟人真不少！集会表面说辟疫免灾，主要作用还是传歌。由老一代把记忆中充满智慧和热情的好听歌声，全部传给下一辈。反复唱下去，到大家熟习为止。因此在场年老人格外兴奋活跃，经常每桌轮流走动。主要作用既然在照规矩传歌，不问唱什么都不犯忌讳。就中最当行出色是龙街村子一个吹鼓手，年纪已过七十，牙齿早脱光了，却能十分热情整本整套地唱下去。除爱情故事，此外嘲烟鬼、骂财主，样样在行，真像是一个“歌库”。小时候常听老太婆口头语：“十年难逢金满斗”，意思是盛会难逢，参加后，才知道原来这种会，只有正当金星入斗那一年才举行的。

同是唱歌，另外有种抒情气氛，而且背景也格外明朗美好，即跑马节跑马山下举行的那种会歌。

西南原是诗歌的家乡，我住云南乡下整整八年，所听到的不过是极小范围内一部分而已。解放后人民自己当家作主，生活日益美好，心情也必然格外欢畅，新一代歌手，都一定比三五十年前更加活泼和热情。唱歌选手兼劳动模范，不是五朵金花，应当是万朵金花!

灯节的灯

元宵主要在观灯。观灯成为一种制度，似乎《荆楚岁时记》中就提起过，比较具体的记载，实起始于唐初，发展于两宋，来源则出于汉代燃灯祀太乙。灯事迟早不一，有的由十四到十六，有的又由十五到十九。“灯市”得名并扩大作用，也是从宋代起始。论灯景壮丽，过去多以为无过唐宋。笔记小说记载，大都说宫廷中和贵族戚里灯彩奢侈华美的情况。

观灯有“灯市”，唐人笔记虽记载过，正式举行还是从北宋汴梁起始，南宋临安续有发展，明代则集中在北京东华门大街以东八面槽一带。从《东京梦华录》和其他记述，得知宋代灯市计五天，由十五到十九。事先必搭一座高达数丈的“鳌山灯棚”，上面布置各种灯彩，燃灯数万盏。封建皇帝到这一天，照例坐了一顶敞轿，由几个亲信太监抬着，倒退行进，名叫“鹁鸽旋”，便于四面看人观灯。又或叫几个游人上前，打发一点酒食，旧戏中常用的“金杯赐酒”即由之而来。说的虽是“与民同乐”，事实上不过是这个皇帝久闭深宫，十分寂寞无聊，大臣们出些巧主意，哄着他开心遣闷而已。宋人笔记同时还记下许多灯彩名目，

“琉璃灯”可说是新品种，不仅在富贵人家出现，商店中也起始用它来招引主顾，光如满月。“万眼罗”则用红白纱罗拼凑而成。至于灯棚和各种灯球的式样，有《宋人观灯图》和《宋人百子闹元宵图》，还为我们留下些形象材料。由此得知，明清以来反映到画幅上如《金瓶梅》《宣和遗事》和《水浒传》插图中种种灯景，和其他工艺品——特别是保留到明清锦绣图案中，百十种极其精美好看旁缀珠玉流苏的多面球灯，基本上大都还是宋代传下来的式样。另外画幅上许多种鱼、龙、鹤、凤、巧作灯、儿童竹马灯、在地下旋转不停的滚灯，也由宋代传来。宋代“琉璃灯”和“万眼罗”，明代的“金鱼注水灯”，和用千百蛋壳做成的巧作灯，用冰琢成的冰灯，式样做法虽已难详悉，至于明代有代表性实用新品种，“明角灯”和“料丝灯”，实物在故宫还有遗存的。历史博物馆又还有个《明宪宗宫中行乐图》，画的是宫中过年情形，留下许多好看成串成组宫灯式样。这个传世宫廷画卷，上面还有个松柏枝扎成上挂八仙庆寿的鳌山灯棚，及灯节中各种杂剧杂技活动，焰火燃放情况，并且还有一个乐队，一个“百蛮进宝队”，几个骑竹马灯演《三战吕布》戏文故事场面，画出好些明代北京民间灯节风俗面貌。货郎担推的小车，还和宋元人画的货郎图差不多，车上满挂各种小玩具和灯彩，货郎作一般小商人装束。照明人笔记说，这种种却是专为宫廷娱乐仿照市面上风光预备的。宫廷中养了七百人，就是为皇帝一人开心而预备的。到万历时才有大臣上奏，把人数减去一半。

新的时代灯节已完全为人民所有，做灯器材也大不同过去，对于灯的要求又有了基本改变，节日即或依旧照时令举行，意义已大不相同了。

古代灯节不只是正月元宵，七月的中元，八月的中秋，也常有灯事。新中国成立后，则“五一”劳动节和“十一”国庆节，全国各处都无不有盛会庆祝。天安门前广场和人民大会堂的节日灯景，应说是极尽人间壮观。不仅是历史上少见，更重要还是人民亲手创造，又真正同享共有这一切。

关于天安门节日的灯火，已经有了许多好文章好报道。另外我记得特别亲切的，却是前后四个月施工期间，广场中那一片辉煌灯火。因为首都所有机关工作同志和万千市民，都曾经热情兴奋在灯火下，和工人、农民、解放军一道，为这个有历史性的广场和两旁宏伟建筑出过一把力。

从个人经验来说，新中国成立以后另外还有许多灯景，也这么具有历史意义，给我以深刻难忘印象。比如十三陵水库大坝落成前夕的灯，就是其中之一。

在修建这个水库时，我和作家协会几个同志前后曾到过四次：第一次是初步开工，指挥所还设在山脚一个小村子里。第二次已开始在挖底，指挥所移到了大坝前小孤山。第四次是落成前一星期，大家正分别住在工地附近帐篷中，天气热得出奇。每天早晚除分别访问劳动模范，照例必去工地看看工程进展。前一天还眼见各处是大小不一的土石堆，各处是搬运土石的车辆和人流，空中到处牵满了电线，地面到处有水管纵横。堤坝下边长链条的运石子机、水泥拌和机，和堤上压路机、起重机，轰轰隆隆地响成一片。大坝虽在不断增高，到处都似乎还乱乱的，不像十天半月能完工。这天晚上我和几个同志又去看看时，才大吃一惊，原来不过一天工夫，工地全部已变了样子。所有机器全部不见了，一切土石堆打扫得干干净净、平平整整像个公园一样。堤坝下空落落的，堤坝上也无一个人，整个环境静得出奇。天上星月嵌在宁静蓝空中，也像是大了近了许多。正当我们到达坝上时，忽然间大坝下广场里十二万盏五色电灯齐明，让我们仿佛突然进到一个童话仙境里一般。我们就浮在这个闪烁不定的星海上，直到半夜。这种神奇动人的灯景，实在不是任何另外一时其他灯景能够代替的。第二天晚上，正式举行庆祝落成典礼时，约有二十万工人、农民和解放军及三百来个专业文艺团体及其他民间文艺队伍参加，在灯光下进行联欢演出。我们先是在堤坝上看了许久，随后又到堤下人丛中各处挤去。灯光下种种动人景象，也是无从让别的灯景代替的。十多年来，国家基本建设在全国范围内进行，亿万人民在党领导下完成了数不清的水库、桥梁、工厂、学校、万千座高楼大厦，每次欢庆落成典礼时，都必然有同样热烈的庆祝大会在灯火烛天热闹光景下举行，身预其事的人，一定怀着和我们差不多的感情，留在记忆中的灯景，想忘记也忘记不了！

前年岁暮年末，我和作家协会几个同志，在革命圣地井冈山茨坪参观访问，正赶上青年干部下放参加山区建设四周年纪念日。这几百个年轻同志，都是四年前离开学校，响应党的号召，来自全国各地，上山建设新山区的新型知识分子，其中女性且占一半。此外还有井冈歌舞团全体，和来自瓷都景德镇的歌舞团全体。管理局朱局长，却生长在附近山村里，十多岁就参加了工农红军，跟随毛主席万里长征，现在又重新上山，领导青年建设新山区。八百多公尺高的茨坪，过去不到二十户人家，近来已有三十多座大小楼房。新落成的七层大厦，依山据胜，远望常在云雾中的井冈山顶峰，青碧明灭，变幻不测，近接群峰，如相互揖让。礼堂在革命博物馆附近，灯光下一个个年轻健康红润的脸孔，无不见出活泼中的坚韧，对于改变山区面貌，具有克服困难完成工作的信心。四年来这些青年和当地人民、解放军战士一道参加公路、水电站及其他开荒生产建设取得的成就，和自我思想改造的成就，都十分显明。大会结束后，我们和歌舞团一群青年朋友回转招待所时，天已落了大雪，远近一片白蒙蒙。一面走一面想起红军刚上山来种种情形。在这种光景下，把国家过去、当前和未来贯串起来，一切景象给我的教育意义，真是格外深长。这种灯景也是我一生难忘的。

由于新中国成立后有机会看到过这么一些背景各不相同壮丽庄严的灯景，从这些灯景中体会出国家在中国共产党的领导下，亿万人民真正当家作主后，通过有计划、有组织、有目的的长期劳动，如何在迅速改变整个国家的面貌。社会不断前进，而灯节灯景也越来越宏伟辉煌，并且赋以各种不同深刻意义。回过头来看看半世纪前另外一些小地方年节风俗和规模极小的灯节灯景，就真像是回到一个极其古老的历史故事里去了。

我生长家乡是湘西边上一个居民不到一万户口的小县城，但是狮子龙灯焰火，半世纪前在湘西各县却极著名。逢年过节，各街坊多有自己的灯。由初一到十二叫“送灯”，只是全城敲锣打鼓各处玩去。白天多大锣大鼓在桥头上表演戏水，或在八九张方桌上盘旋上下。晚上则在灯火下玩蚌壳精，用细乐伴奏。十三到十五叫“烧灯”，主要比赛转到另一方面，看谁家焰火出众超群。我照例凭顽童资格，和百十个大小顽童，追随队伍城厢内外各处走去，和大伙在炮仗焰火中消磨。玩灯的不仅要气力，还得要勇敢，为表示英雄无畏，每当场坪中焰火上升时，白光直泻数丈，有的还大吼如雷，这些人却不管是“震天雷”还是“猛虎下山”，照例得赤膊上阵，迎面奋勇而前。我们年纪小，还无资格参与这种剧烈活动，只能趁热闹在旁呐喊助威。有时自告奋勇帮忙，许可拿个松明火炬或者背背鼓，已算是运气不坏。因为始终能跟随队伍走，马不离群，直到天快发白，大家都烧得个焦头烂额，精疲力尽。队伍中附随着老渔翁和蚌壳精的，蚌壳精向例多选十二三岁面目俊秀姣好男孩子充当，老渔翁白须白发也做得俨然，这时节都现了原形，狼狈可笑。乐队鼓笛也常有气无力板眼散乱地随意敲打着。有时为振作大伙精神，乐队中忽然又悠悠扬扬吹起“踹八板”来，狮子耳朵只那么摇动几下，老渔翁和蚌壳精即或得应着鼓笛节奏，当街随意兜两个圈子，不到终曲照例就瘫下来，惹得大家好笑！最后集中到个会馆前点验家伙散场时，正街上江西人开的南货店、布店，福建人开的烟铺，已经放鞭炮烧开门纸迎财神，家住对河的年轻苗族女人，也挑着豆豉萝卜丝担子上街叫卖了。

有了这个玩灯烧灯经验底子，长大后读宋代咏灯节事的诗词，便觉得相当面熟，体会也比较深刻。例如吴文英[①]作的《玉楼春》词上半阕：

> 茸茸狸帽遮眉额，金蝉罗剪胡衫窄，
> 乘肩争看小腰身，倦态强随闲鼓拍。

写的虽是八百年前元夜所见，一个小小乐舞队年轻女子，在夜半灯火阑珊兴尽归来时的情形，和半世纪前我的见闻竟相差不太多。因为那八百年虽经过元明清三个朝代，只是政体转移，社会变化却不太大。至于新中国成立后虽不过十多年，社会却已起了根本变化，我那点儿时经验，事实上便完全成了历史陈迹，一种过去社会的风俗画。边远小地方年轻人，或者还能有些相似而

① 吴文英：南宋词人。

不同经验，可以印证，生长于大都市见多识广的年轻人，倒反而已不大容易想象种种情形了。

一九六三年三月北京

昆明冬景

新居移上了高处，名叫北门坡，从小晒台上可望见北门门楼上用虞世南[①]体写的“望京楼”的匾额。上面常有武装同志向下望，过路人马多，可减去不少寂寞！我的住屋前面是个大敞坪，敞坪一角有杂树一林。尤加利树瘦而长，翠色带银的叶子，在微风中荡摇，如一面一面丝绸旗帜，被某种力量裹成一束，想展开，无形中受着某种束缚，无从展开。一拍手，就常常可见圆头长尾的松鼠，在树枝间惊窜跳跃。这些小生物又如把本身当成一个球在空中，抛来抛去，俨然在这种抛掷中，就能够得到一种生命自足的乐趣，一种从行为中证实生命存在的欢欣。且间或稍微休息一下，四处顾望，看看它这种行为能不能够引起其他生物的注意。或许会发现，原来一切生物都各有它的“心事”。那个在晒台上拍手的人，眼光已离开尤加利树，向虚空凝眸了。虚空一

① 虞世南，南北朝至隋唐时期书法家、文学家、诗人、政治家，“初唐四大家”之一。

片明蓝，别无他物。这也就是生物中之一种，“人”，多数人中一种人，目前对于生命存在的意义，他的想象或情感，正在不可见的一种树枝间攀援跳跃，同样略带一点惊惶，一点不安，在时间上转移，由彼到此，始终不息。他是三月前由沅陵坐了二十四天的公路汽车，才独自来到昆明的。

敞坪中妇人孩子虽多，对这件事却似乎都把它看得十分平常，从不曾有谁将头抬起来看看。昆明地方到处是松鼠，许多人对于这小小生物的知识，不过是捉把来卖给“上海人”，值“中央票子”两毛钱到一块钱罢了。站在晒台上的那个人，就正是被本地人称为“上海人”，花用中央票子，来昆明租房子住、工作、过日子的。住到这里来近于凑巧，因凑巧反而不会令人觉得稀奇了。妇人多受雇于附近一个小小织袜厂，终日在敞坪中摇纺车纺棉纱。孩子们无所事事，便在敞坪中追逐吵闹，拾捡碎瓦小石子打狗玩。敞坪四面是路，时常有无家狗在树林中垃圾堆边寻东觅西，鼻子贴地各处闻嗅，一见孩子们蹲下，知道情形不妙，就极敏捷地向坪角一端逃跑。有时只露出一个头来，两眼很温和地对孩子们看着，意思像是要说，“你玩你的，我玩我的，不成吗？”有时也成。那就是一个卖牛羊肉的，扛了个木架子，带着官秤、方形的斧头、雪亮的牛耳尖刀，来到敞坪中，搁下架子找寻主顾时。妇女们多放下工作，来到肉架边，讨价还钱。孩子们的兴趣转移了方向。几只野狗便公然到敞坪中来，由经验提高了警惕，先是坐在敞坪一角便于逃跑的地方，远远地看热闹。其次是在一种试探形式中，慢慢地走近人丛里来。直到忘形挨近了肉架边，被那羊屠户见着，扬起长把手斧，大吼一声：“畜生，走开！”方肯略略走开，站在人圈子外边，用一种非常诚恳非常热情的态度，略微偏着头，欣赏肉架上的前腿、后腿，以及后腿末端那条带毛小羊尾巴，和搭在架旁那些花油。意思像是觉得不拘什么地方都很好，都无话可说，因此它不说话。它在等待，无望无助地等待。照例妇人们在集群中向羊屠户连嚷带笑，加上各种“神明在上，报应分明”的誓语，这一个证明实在赔了本，那一个证明买下它家用的秤并不大，好好歹歹作成了交易，过了秤，数了钱，得钱的走路，得肉的进屋里去，把肉挂在悬空钩子上，孩子们也随同进到屋里去时，这些狗方趁空走近，把鼻子贴在先前一会搁肉架的地面，闻嗅闻嗅，或得到点骨肉碎渣，一口咬住，就忙匆匆向敞坪空处跑去，或向尤加利树下跑去。树上正有松鼠剥果子吃，果子掉落地上。上海人走过来拾起嗅嗅，有“万金油”气味，微辛而芳馥。

早上六点钟，阳光在尤加利树高处枝叶间，敷上一层银灰光泽。空气寒冷而清爽。敞坪中很静，无一个人，无一只狗。几个竹制纺车瘦骨伶精的搁在一间小板屋旁边。站在晒台上望着这些简陋古老工具，感觉“生命”形式的多方。敞坪中虽空空的，却有些声音仿佛从敞坪中来，在他耳边响着。

“骨头太多了，不要这个腿上大骨头。”

“嫂子，没有骨头怎么走路？”

“曲蟮[1]有不有骨头？”

“你吃曲蟮？”

“哎哟，菩萨。”

“菩萨是泥的木的，不是骨头做成的。”

“你毁佛骂佛，死后会入三十三层地狱，磨石碾你，大火烧你，饿鬼咬你。”

“活下来做屠户，杀羊杀猪，给你们善男信女吃，做赔本生意，死后我会坐在莲花上，只往上飞，飞到西天一个池塘里，洗个大澡，把一身罪过，一身羊臊血腥气，洗得个干干净净！”

“西天是你们屠户去的？白做梦！”

“好，我不去让你们去。我们做屠户的都不去了，怕你们到那地方肉吃不成！你们都不吃肉，吃长斋，将来西天住不了，急坏了佛爷，还会骂我们做屠户的，不会做生意。一辈子做赔本生意，不落得人的骂名，还落个佛的骂名。肉你不要，我拿走。”

“你拿走好！肉臭了，看你喂狗吃。”

“臭了我就喂狗吃，不很臭，我把人吃。红焖好了请人吃，还另加三碗苞谷烧酒，怕不有人叫我作伯伯、舅舅、干老子。许我每天念《莲花经》一千遍，等我死后坐朵方桌大金莲花到西天去！”

---

① 指蚯蚓。

“送你到地狱里去，投胎变成一只蛤蟆，日夜哗哗呱呱叫。”

“我不上西天，不入地狱，忠贤区区长告我说，姓曾的，你不用卖肉了吧，你住忠贤区第八保，昨天抽壮丁抽中了你，不用说什么，到湖南打仗去。你个子长，穿上军服排队走在最前头，多威武！我说好，什么时候要我去，我就去。我怕无常鬼，日本鬼子我不怕。派定了我，要我姓曾的去，我一定去。”

“××××××××”

“我去打仗，保卫武汉三镇。我会打枪，我亲哥子是机关枪队长！他肩章上有三颗星，三道银边！我一去就要当班长，打个胜仗，我就升排长。打到北京去，赶一群绵羊回云南来做生意，真正做一趟赔本生意！”

接着便又是这个羊屠户和几个妇人各种赌咒的话语。坪中一切寂静，远处什么地方有军队集合，下操场的喇叭声音在润湿空气中振荡。静中有动，他心想：

“武汉已陷落三个月了。”

屋上首一个人家白粉墙刚刚刷好，第二天，就不知被谁某一个克尽厥职的公务员看上了，印上十二个方字。费很多想象把字认清楚后，更费很多想象把意思也弄清楚了。只就中间一句话不大明白，“培养卫生”。这好像是多了两个字或错了两个字。这是小事。然而小事若弄得使人糊涂，不好办理，大处自然更难说了。

一会，带着小小铜项铃的瘦马，驮着粪桶过去了。

一个猴子似的瘦脸嘴人物，从某个人家小小黑门边探出头来，“娃娃，娃娃”，娃娃不回声。见景生情，接着他自言自语说道，“你哪里去了？吃屎去了？”娃娃年纪已经八岁，上了学校，可是学校因疏散下了乡，无学校可上，只好终日在敞坪里煤堆上玩。“煤是哪里来的？”“从地下挖来的。”“作什么用？”“可以烧火。”娃娃知道的同一些专门家知道的相差并不很远。那个上海人心想：“你这孩子，将来若可以升学，无妨入矿冶系。因为你已经知道煤炭的出处和用途。好些人就因那么一点知识，被人称为专家，活得很有意义！”

娃娃的父亲，在儿子未来发展上，却老做梦，以为长大了应当作设治局长，督办，——照本地规矩，当这些差事很容易发财，发了财，买下对门某家那栋房子。上海人越来越多了，到处有人租房子，肯出大价钱。押租又多。放三分利，利上加利，三年一个转。想象因之而丰富异常。

做这种天真无邪的好梦的本地人恐怕正多着，这恰好是一个地方安定与繁荣的基础。

提起这个会令人觉得痛苦，是不是？不提也好。

因为你若爱上了一片蓝天，一片土地，和一群忠厚老实人，你一定将不由自主地嚷：“这不成！这不成！天不辜负你们这群人，你们不应当自弃，不应当！得好好地来想办法！你们应当得到的还要多，能够得到的还要多！”

于是必有人问：“先生，你这是什么意思？在骂谁？教训谁，想煽动谁？用意何居？”

问得你莫名其妙，不特对于他的意思不明白，便是你自己本来的意思，也会弄糊涂的。话不接头，两无是处。你爱“人类”，他怕“变动”。你“热心”，他“多心”。

“美”字笔画并不多，可是似乎很不容易认识。“爱”字虽人人认识，可是真懂得他意义的人却很少。

一九三九年二月

云南看云

云南因云而得名。可是外省人到了云南一年半载后，一定会和本地人差不多，对于云南的云，除却只能从它变化上得到一点晴雨知识，就再也不会单纯地来欣赏它的美丽了。看过卢锡麟先生的摄影后，必有许多人方俨然重新觉醒，明白自己是生在云南，或住在云南。云南特点之一，就是天上的云变化得出奇。尤其是傍晚时候，云的颜色，云的形状，云的风度，实在动人。

战争给许多人一种有关生活的教育，走了许多路，过了许多桥，睡了许多床，此外还必然吃了许多想象不到的小苦头。然而真正具有教育意义的，说不定倒是明白许多地方各有各的天气，天气不同还多少影响到一点人事。云有云的地方性：中国北部的云厚重，人也同样那么厚重。南部的云活泼，人也同样那么活泼。海边的云幻异，渤海和南海云各不相同，正如两处海边的人性情不同。河南的云一片黄，抓一把下来似乎就可以作窝窝头，云粗中有细，人亦粗中有细。湖湘的云一片灰，长年挂在天空一片灰，无性格可言，然而橘子、辣子就在这种地方大量产生，在这种天气下成熟，却给湖南人增加了生命的发展和进取精神。四川的云与湖南云虽相似而不尽相同，巫峡峨嵋高峰把云分割又加浓，云有了生命，人也有了生命。

论色彩丰富，青岛海面的云应当首屈一指。有时五色相煊，千变万化，天空如展开一张锦毯。有时素净纯洁，天空只见一片绿玉，别无他物。看来令人起轻快感，温柔感，音乐感，情欲感。一年中有大半年天空完全是一幅神奇的图画，有青春的嘘息，煽起人狂想和梦想。海市蜃楼即在这种天空显现，海市蜃楼虽并不常在人眼底，却永远在人心中。秦皇汉武的事业，同样结束在一个长生不死青春常在的美梦里，不是毫无道理的。云南的云给人印象大不相同，它的特点是素朴，影响到人性情也应当挚厚而单纯。

云南的云似乎是用西藏高山的冰雪，和南海长年的热风，两种原料经过一种神奇的手续完成的，色调出奇的单纯，惟其单纯反而见出伟大。尤以天时晴明的黄昏前后，光景异常动人。完全是水墨画，笔调超脱而大胆。天上一角有时黑得如一片漆，它的颜色虽然异样黑，给人感觉竟十分轻。在任何地方“乌云蔽天”照例是个沉重可怕的象征，唯有云南傍晚的黑云，越黑反而越不碍事，且表示第二天天气必然顶好。几年前中国古物运到伦敦展览时，有一个赵松雪[①]作的卷子，名《秋江叠嶂》，净白如玉的

---

① 即赵孟頫（号松雪道人），元代著名书画家。

澄心堂纸上用浓墨重重涂抹，给人印象却十分美秀。云南的云也恰恰如此，看来只觉得黑而秀。

可是我们若在黄昏前后，到城郊外一个小丘上去，或坐船在滇池中，看到这种云彩时，低下头来一定会轻轻地叹一口气。具体一点将发生“大好河山”感想，抽象一点将发生“逝者如斯”感想。心中一定觉得有些痛苦，为一片悬在天空中的沉静黑云痛苦。因为这东西给了我们一种无言之教，比目前政论家的文章、宣传家的讲演、杂感家的讽刺文，都高明得多，深刻得多，同时还美丽得多。觉得痛苦原因或许也就在此。那么好看的云，孕育了在这一片天底下讨生活的人，究竟是些什么？是一种精深博大的人生思想，还是一种单纯美丽的诗的感情？若把它与地面所见、所闻、所有两相对照，实在使人不能不痛苦！

在这美丽天空下，人事方面，我们每天所能看到的，除了空洞的论文、不通的演讲、小巧的杂感，此外似乎到处就只碰到“法币”。商人和银行办事人直接为法币而忙。最可悲的现象，实无过于大学校的商学院，每到注册上课时，照例人数必最多。这些人其所以习经济、习会计，都可说对于生命毫无高尚理想可言，目的只在毕业后入银行做事。“熙熙攘攘，皆为利往，挤挤挨挨，皆为利来，利之所在，群集若蛆。”社会研究所的专家，机会一来即向银行跑。习图书馆的，弄考古的，学外国文学的，因为亲戚、朋友、同乡……种种机会，又都挤进银行或相近金融机关做办事员。大部分优秀脑子，都给真正的法币和抽象的法币弄得昏昏的，失去了应有的灵敏与弹性，以及对于“生命”较高的认识。其余无知识的脑子，成天打算些什么，也就可想而知了。云南的云即或再美丽一点，对于多数人还似乎毫无意义可言的。

近两个月来，本市在连续的警报中，城中二十万市民，无一不早早地就跑到郊外去，向天空把一个颈脖昂酸，无一人不看到过几片天空飘动的浮云，仰望结果，不过增加了许多人对于财富得失的忧心罢了。“我的法币下落了”，“我的汽油上涨了”，“我的事业这一年发了五十万财”，“我从公家赚了八万三”，这还是就仅有十几个熟人中说说的。此外说不定还有个把教授之流，终日除玩牌外无其他娱乐，会想到前一晚上玩麻雀牌输赢事情，聊以解嘲似地自言自语，“我输牌不输理。”这种教授先生当然是不输理的，在警报解除以后，还不妨跑到老同学住处去，再玩个八圈，证明一下输的究竟是什么。一个人若乐意在地下爬，以为是活下来最好的姿势，他人劝说站起来走，或更盼望他挺起脊梁来做个人，当然是不会有什么结果的。

就在这么一个社会一种情形中，卢先生却来展览他在云南的照相，告给我们云南法币以外还有些什么。即以天空的云彩言，色彩单纯的云有多健美，多飘逸，多温柔，多崇高！观众人数多，批评好，正说明只要有人会看云，就从云影中取得一种诗的感兴和热情，还可望将这种尊贵的感情，转给另外一种人。换言之，就是云南的云即或不能直接教育人，还可望由一个艺术家的心与手，间接来教育人。卢先生照相的兴趣，似乎就在介绍这种美丽感印给多数人，所以作品中对于云物的题材，处理得特别好。每一幅云都有一种不同的性情，流动的美。不纤巧，不做作，不过分修饰，一任自然，心手相印，表现得素朴而亲切。作品成功是必然的。可是得到“赞美”不是艺术家最终的目的，应当还有一点更深的意义。我意思是如果一种可怕的实际主义，正在这个社会各组织各阶层间普遍流行，腐蚀我们多数人做人的良心、做人的理想，且在同时把每一个人都有形无形市侩化。社会中优秀分子一部分，所梦想，所希望，也都只是糊口混日子了事，毫无一种较高的情感，更缺少用这情感去追求一个美丽而伟大的道德原则的勇气时，我们这个民族应当怎么办？大学生读书目的，不是站在柜台边做行员，就是坐在公事房做办事员，脑子都不用，都不想，只要有一碗饭吃就算有了出路。甚至于做政论的，做讲演的，写不高明讽刺文的，习理工的，玩玩文学充文化人的，办党的，信教的……出路也都是只顾眼前。大众眼前固然都有了出路，这个国家的明天，是不是还有希望可言？我们如真能够像卢先生那么静观默会天空的云彩，云物的美丽，也许会慢慢地陶冶我们，启发我们，改造我们，使我们习惯于向远景凝眸，不敢坠落，不甘心坠落。我以为这才像是一个艺术家最后的目的。正因为这个民族是在求发展，求生存，战争已经三年，战争虽败北，不气馁，虽死亡万千人民，牺牲无数财富，仍然能坚持抗战，就为的是这战争背后还有个庄严伟大的理想，使我们对于忧患之来，在任何情形下都能忍受。我们其所以能忍受，不特是我们要发展，要生存，还要为后来者设想，使他们活在这片土地上，更好一点，更像人一点！我们责任那么重而且又那么困难，所以不特多数知识分子必然要有一个较坚朴的人生观，拉之向上，推之向前，就是做生意的，也少不了需要那么一分知识，方能够把企业的发展与国家的发展，放在同一目标上，分道并进，异途同归！

举一个浅近的例来说说：我们的眼光注意到“出路”“赚钱”以外，若还能够估量到在滇越铁路的另一端，正有多少鬼蜮成性阴险狡诈的木屐儿，圆睁两只鼠眼，安排种种巧计阴谋，在武力与武器无作用地点，预备把劣货倾销到昆明来，且把推销劣货的责任，派给昆明市的大小商家时，就知道学习注意远处，实在是目前一件如何重要的事情！照相必选择地点，取准角度，方可望有较好成就。做人何尝不是一样，明分际，识大体，“有所不为”，敌人花样再多，劣货在有经验商家的眼中，总依然看得出，取舍之间是极容易的。若只图发财，见利忘义，“无所不为”，日本货变成国货，改头换面，不过是反手间事！劣货推销仅仅是若干有形事件中之一种。此外各层知识阶级中不争气处，所作所为，实在更甚于此者。

所以我觉得卢先生的摄影，不只是给人看看，还应当给人深思。

一九四〇年，昆明

肆……

我的心涂上了月的光明

我不能说生命是美丽抑哀戚。

我只能留心沙上重新印下之足迹，让它莫在记忆中为时光拭尽。

流光

上前天，从鱼处见到三表兄由湘寄来的信，说是第二个儿子已有了四个月，会从他妈怀抱中做出那天真神秘可爱的笑样子了。我惘然想起了过去的事。

那是三年前的秋末。我正因为对一个女人的热恋得到轻蔑的报复，决心到北国来变更我不堪的生活，由芷江[①]到了常德。三表兄正从一处学校辞了事不久，住在常德一个旅馆中。他留着我说待明春同行。本来失了家的我，无目的地流浪，没有什么不可，自然就答应了。我们同在一个旅馆同住一间房，并且还同在一铺床上睡觉。

穷困也正同如今一样。不过衣衫比这时似乎阔绰了一点。我还记得我身上穿的那件蓝绸棉袍，初几次因无罩衫，竟不大好意思到街上去。脚下那英国式尖头皮鞋，也还是新从上海买的。小孩子的天真，也要多一点，我们还时常斗嘴哭脸呢。

也许还有别种缘故吧，那时的心情，比如今要快乐高兴得多

① 湖南省芷江县。沈从文曾在此地任屠宰税的收税员。

了。并不很小的一个常德城，大街小巷，几乎被我俩走遍。尤其感生兴味不觉厌倦的，便是熊伯妈家中与F女校了。熊家大概是在高山巷一带，这时印象稍稍模糊了。她家有极好吃的腌莴苣、四季豆、醋辣子、大蒜，每次我们到时，都会满盘满碗从大覆水坛内取出给我们尝。F女校却是去看望三表嫂——那时的密司易——而常常走动。

我们同密司易是同行。但在我未到常德以前却没有认识过。我们是怎么认识的，这时想不起了！大概是死去不久的滿舅母为介绍过一次。……唔！是了！滿舅妈在未去汉口以前，原是住在F校中！而我们同三表兄到F校中去会过她。当第一次见面时，谁曾想到这就是半年后的三表嫂呢！两人也许发现了一种特别足以注意的处所！我们在回去路上，似乎就说到她。

她那时是在F女校充级任教员。

我们是这样一天一天地熟下去了。两个月以后，我们差不多是每天要到F女校一次。我们旅馆去女校，有三里远近。间或因有一点别的事情——如有客，或下雨，但那都很少，——不能在下午到F校同上课那样按时看望她时，她每每会打发校役送来一封信。信中大致说有事相商，或请代办一点什么。事情当然是有。不过，总不是那末紧急应当即时就办的。不待说，他们是在那里创造永远的爱了。

不知为甚，我那时竟那样愚笨，单把兴味放在一架小小风琴上面去了，完全没有发现自己已成了别人配角。

三表哥是一个富于美术思想的人。他会用彩色绫缎或通草粘出各样乱真的花卉，又会绘画，又会弄有键乐器。性格呢，是一个又细腻、又懦怯，极富于女性的，搀合粘液神经二质而成的人。虽说几年来常在外面跑，做一点清苦教书事业，把先时在凤凰充当我小学校教师时那种活泼优美的容貌，用衰颓沉郁颜色代去了一半，然清癯的丰姿，温和的性格，用一般女性看来，依然还是很能使人愉快满意的！

在当时的谈话中，我还记着有许多次不知怎么便谈到了恋爱上去。其实这也很自然！这时想来，便又不能不令人疑到两方的机锋上，都隐着一个小小针。我们谈到婚姻问题时，她每每这样说：

“运用书本上得来一点理智——虽然浅薄——便可以吸引异性虚荣心，企慕心，为永远或零碎的卖身，成了现代婚姻的，其实同用金钱成交的又相差几许？我以为感情的结合，两方各在赠与，不在获得。……”

她结论是“我不爱，……其实独身还好些”。这话用我的经验归纳起来，其意正是：

过去所见的男性，没有我满意的，故不愿结婚。

一个有资格为人做主妇，为小孩子做母亲，却寻不到适意对手的女人，大都是这么说法。这正是一点她们应有的牢骚。她当然也不例外。

凡是两方都在那里用高热力创造爱情时，谁也会承认，这是非常容易达到“中和”途径的！于是，不久，他们便都以为可以共同生活下去，好过这未来的春天了。虽然他俩也会在稍稍冷静时，察觉到对方的不足与缺陷，不过那时的热情狂潮，已自动地流过去弥缝了。所以他们就昂然毅然……自然别人没法阻间也不须阻间。

这消息传出后，就有许多同学姐姐妹妹，不断地写信来劝她再思三思。这是一些不懂人情、不明事理的蠢话罢了！哪能听的许多？

在他们还没有结婚之前，我被不可抵抗的命运之流又冲到别处去了，虽然也曾得到他们结婚照片，也曾得过他夫妇几次平常的通讯。

不久，又听到三表兄已成为一个孩子的父亲了。不久，又听到小孩子满七天时得惊风症殇掉了！……在第一次我叫三表嫂、三表兄觑着我做出会心的微笑，而她却很高兴地亲自跑进厨房为我蒸清汤鲫鱼时，那时他们仍在常德住着，我到她寓中候轮。这又是去年夏天的事了！

在这三四年当中，她生命上自必有许多值得追怀、值得流泪、值得歌咏的经过；可是，我，还依然是我！几年前所眷恋的女人，早安分地为别人做二夫人养小孩子了！到最近来便连梦也难于梦见。人呢，一天一天地老去了！长年还丧魂失魄似的东荡西荡，也许生活的结束才是归宿。……

遥夜

一

我似乎不能上这高而危的石桥，不知是哪一个长辈曾像用嘴巴贴着我耳朵这样说过："爬得高，跌得重！"究竟这句话出自什么地方，我实不知道。

石桥美丽极了。我不曾看过大理石，但这时我一望便知道除了大理石以外再没有什么石头可以造成这样一座又高大、又庄严、又美丽的桥了！这桥搭在一条深而窄的溪涧上，桥两头都有许多石磴子；上去的那一边石磴是平斜好走的，下去的那边却陡峻笔直。我不知不觉就上到桥顶了。我很小心地扶着那用黑色明角质做成的空花栏杆向下望，啊，可不把我吓死了！三十丈，也许还不止。下面溪水大概涸了，看着有无数用为筑桥剩下的大而笨的白色石块，懒懒散散睡了一溪沟。石罅里，小而活泼的细流在那里跳舞一般地走着唱着。

我又仰了头去望空中，天是蓝的，蓝得怕人！真怪事！为甚这样蓝色天空会跳出许许多多同小电灯一样的五色小星星来？它们满天跑着，我眼睛被它光芒闪花了。

这是什么世界呢？这地方莫非就是通常人们说的天宫一类的处所吧？我想要找一个在此居住的人问问，可是尽眼力向各方望去，除了些葱绿参天的树木，柳木根下一些嫩白色水仙花在小剑般淡绿色叶中露出圆脸外，连一个小生物——小到麻雀一类东西也不见！……或是过于寒冷了吧！不错，这地方是有清冷冷的微风，我在战栗。

但是这风是我很愿意接近的，我心里所有的委屈当第一次感受到风时便通给吹掉了！我这时绝不会想到二十年来许多不快的事情。

我似乎很满足，但并不像往日正当肚中感到空虚时忽然得到一片满涂果子酱的烤面包那么满足，也不是像在月前一个无钱早晨不能到图书馆去取暖时，忽然从小背心第三口袋里寻出一枚两角钱币那么快意，我简直并不是身心的快适，因为这是我灵魂遨游于虹的国，而且灵魂也为这调和的伟大世界溶解了！

——我忘了买我重游的预约了，这是如何令人怅惘而伤心的事！

二

当我站在靠墙一株洋槐背后，偷偷地展开了心的网幕接受那银筝般歌声时，我忘了这是梦里。

她是如何的可爱，我虽不曾认识她的面孔便知道了。她是又标致、又温柔、又美丽的一个女人，人间的美，女性的美，她都一人占有了。她必是穿着淡紫色的旗袍，她的头发必是漆黑有光……我从她那拂过我耳朵的微笑声，攒进我心里的清歌声，可以断定我是猜想的一点不错。

她的歌是生着一对银白薄纱般翅膀的；不止能跑到此时同她在一块用一块或两三块洋钱买她歌声的那俗恶男子心中去，并且也跑进那个在洋槐背后胆小腼腆的孩子心里去了！……也许还能跑到这时天上小月儿照着的一切人们心里，借着这清冷有秋意夹上些稻香的微风。

歌声停了。这显然是一种身体上的故障，并非曲的终止。我依然靠着洋槐，用耳与心极力搜索从白花窗幕内漏出的那种继歌声以后而起的窸窣。

“喉……！”这是一种多么悦耳的咳嗽！可怜啊！这明是小喉咙倦于紧张后一种娇惰表示。想着承受这娇惰表示以后那一瞬的那个俗恶厌物，心中真似乎有许多小小花针在刺。但我并不即因此而跑开，骄傲心终战不过妒忌心呢。

“再唱个吧！小鸟儿。”像老鸟叫的男子声撞入我耳朵。这声音正是又粗暴又残忍惯于用命令式使对方服从他的金钱的玩客口中说的。我的天！这是对于一个女子，而且是这样可爱可怜的女子应说的吗？她那银筝般歌声就值不得用一点温柔语气来恳求吗？一块两三块洋钱把她自由尊贵践踏了，该死的东西！可恶的男子！

她似乎又在唱了！这时歌声比先前的好像生涩了一点，而且在每个字里，每一句里，以及尾音，都带了哭音；这哭音很易发现。继续的歌声中，杂着那男子满意高兴奏拍的掌声；歌如下：

可怜的小鸟儿啊！
你不必再歌了吧！
你歌咏的梦已不会再实现了。
一切都死了！
一切都同时间死去了！
使你伤心的月姐姐披了大氅，
不会为你歌声而甩去了，
同你目语的星星已嫁人了，
玫瑰花已憔悴了——为了失恋，
水仙花已枯萎了——为了失恋。

可怜的鸟儿啊！
你不必——请你不必再歌了吧！
我心中的温暖，
为你歌取尽了！

可怜的鸟儿啊！

为月，为星，为玫瑰，为水仙，为我，为一切，为爱而莫再歌了吧！

我实在无勇气继续地听下去了。我心中刚才随歌声得来一点春风般暖气，已被她以后歌声追讨去了！我知道果真再听下去，定要强取我一汪眼泪去答复她的歌意。

我立刻背了那用白花窗幔幕着的窗口走去，渺渺茫茫见不到一丝光明。心中的悲哀，依然挤了两颗热泪到眼睛前来……

被角的湿冷使我惊醒，歌声还在心的深处长颤。

一九二四年圣诞节后一日北京作

三

即或是没有这些砰砰訇訇的炮声将我脆弱的灵魂摇撼，我依然也不能睡觉啊！想着这时的九二姑娘知是怎样，她也许孤零的一人，正在那阴阴沉沉的囚笼般小房中，黯淡灯光下，抽抽咽咽地将伊伤心眼泪，滴放在我给伊那张丝笺上！她也许正为伊那归依者搂在怀里，而勉强装出笑容，让那带有酒气的嘴巴，在伊颊上连吻！她也许因伤心极了，哭倦了，而熟睡了！她也会想念着过去的那一瞥，而怅惘大哭罢？

我不知觉间，又把汗衫袋内伊那两张折皱了的信纸取出了。我知道这上面有伊银箫般声音，有伊玫瑰般微笑！我用口吻了又用眼泪来浸湿。

伊匆匆忙忙地走去，便向人海中消失了！伊的遗物，怕除了我颊间保留着温馨的吻，与镂在心版上温柔微笑的淡影外，便只是这两张从一册练习簿上扎下来，背着“伊的他”，战战栗栗用铅笔写把我的信了！

伊说：是无期徒刑的人，永无自由之期，永无……在这当中，谁能救拔她？伊又说虽用力冲过了礼教墙垣，然而如今在自己耕耘的园地里，发生了许多荆棘却不能再想法拔去；伊又说欲读书却被事势所牵制，在近来，即外出亦非容易；伊又说伊的他是怎样对伊处处施以难堪压迫；伊末了还说不愿意我爱伊，爱伊实反伤伊心，而且处到此种情景下，两者都有不幸。

伊虽知道别人是用诱骗手段把伊成为占有物，但不能得家庭与社会的谅解；伊虽知道自己应负责继续生活下去，但伊毛羽已为伊的他剪去……伊结果只怨命。

伊如今正为着“命”将倩影又向人海中消失了！

啊！亲爱的可怜的姑娘！你承认是“命”，何必又定要在你临走那头一晚上，将你那又甜又苦的热泪，流放在一个孩子的脸上来呢？你要我不必爱你，那末，你也应不须爱我……我真惭愧，不能用力来援助你；你不会于这时怨我罢？我想，你对你可怜的弟弟，或不至有丝毫憎恨！你知道你可怜的弟弟，是怎样到这喧扰纷争的世界上，不为人齿，孤独畸零地活着！

你走了，把我交付你，请你用爱丝织成网，紧紧包裹着那颗冰冷的、灰色的、不完整的小心也带着跑了！这是你的胜利，但是，我呢？空空洞洞的我，怎么来生下去？……是！我的心如今依然还是在我胸腔里，但你已把它揉碎了，你已把它啮去一角了！

狠心的姑娘！

我还记着在你动身以前给你那信——

……姑娘！将你那珍珠般眼泪尽量地随意流吧！不要吝惜。我愿它为我把所受的冷酷侮辱洗去，我愿它把我溺死。

不错！我曾小孩般倒在你怀里大哭，在那寂寥冷清的公园中。我怎么不这样怅然惘然，当你那小小嘴唇第一次在一个孩子瘦颊上为爱的洗礼时，它抚摸遍了我旧痛新创。

你说他们眼睛是一堵墙，阻隔了我俩；他们眼睛是一双剑，寒光逼住了我俩，——我不能爱你，你不敢爱我！但是，你那丰腴柔嫩的小颊，终于昨天到我庞儿上了，他们，无聊的他们，算得什么东西？

……

这时，我要在一些刻薄、冷酷、毒恶，无意思的监视下，不措意似的，把窗幔甩去，承受你那近身时温柔的一瞥，已不可得了！我要冒着了刮面寒风，跑到社稷坛左右，寻找那合并映在银白色月光下的两个黑影，已不能够了！即或伤心身世，再不会有人来为我揾拭眼角余泪！再不会有人来偎着脸慰藉我了！……再不会有人来劝我珍重为忧伤而憔悴的身子了！

我向哪里去找我那失去了的心的碎片？……的确，除非梦里，除非梦里：但是，梦又是怎么一种不可凭靠的东西！

姑娘！可爱而又可怜的姑娘啊！请你放老实点，依然用你那柔荑，轻轻地轻轻抚着我头上的长发，我要在你那浅浅微涡的颊边吻到醒后；倘若是梦能有凭。

十三年除夕——九二走后第二星期

四

在别人如狂如醉的欢喜热闹中我伴着寂寞居然也把这年节挨过了。从昨天到街头无目的闲踱买来的一张晚报上，我才知道如今已是初五。时光老人好匆忙的脚步！

为着无聊，同六与十弟在厂甸潮水般的人众中挤了一身臭汗。在我前后的无量数男男女女——有身上红红绿绿如花似玉为施爱而来的青年女人，有脑满肠肥举动迟钝的绅士，有服饰华丽为求女人青盼的儇薄少年，有……他们她们都高兴到一百二十分似的：肩挨肩，背靠背，在那里慢慢移动。平日无人行走的公园这时正像一个大盆，满着上一盆泥鳅。也许她们他们在此盆中同时发现了一种或多种极有意思的玩意儿，足以开心，而我不会领略，所以反觉更加感到孤独无聊！

不久，我们又为着人的潮流一同冲出外面来了。

六与十都说是时间还没有到吃晚饭左右，最好是跑到十四的家中去拜年，他们说的大致是不会错的。把拜年除开，第一是六可以看看几天不见了的伊，而十弟也可以就便为八妹拜年。但他们口上的理由却单提为十四夫妇拜年。

“充配角也充厌了！我何苦又定要去到那充满着幸福——富贵与爱美——的家中看别人演喜剧呢？即或我这麻木的感官，稍稍刺激是不甚么要紧，然从别人脸上勉强表示出来的欢迎神气，也就够要人消受啊！……”

不过到后来，我这“顽固”的意思，终敌不过口上的牵扯——也是我自己在克制我顽固，我即刻又跳上洋车，向二十四胡同进发了。

拜年究竟也还合算，只要一进屋，口上提出嗓子喊一声，进门时向着老主人略略把腰一屈，就完事了。拜年的所得，不是小时候在故乡中像周家娘似的送一串用红绒绳穿就的白制钱；却只是一盘五颜六色的糖果。这糖不知叫什么名儿，吃时但觉软软的滑滑的，大概是很值钱，也许还是什么西洋的东西，这也算是我的幸福。

在一间铺陈耀眼的客室中，着上了个乡下气未脱寒伧气十足的我，真是不大什么适宜！我处处觉得感到迫束。但软松褐色靠椅上坐着实在比公寓中冷板凳好一点，而且主人还未回，六与十也很直率地替主人留客——失了自主力的我，也只好不说走了。

“……女人，那末一对一对：十四与九，六与十一，十与八。……一个做太太的主妇，一个做不问家事单享点快乐的老爷。老爷到外面找钱，两太太便到家中用。太太二十五六，老爷四十三……年龄虽似乎远了一点，但有钱可以把两方不匀称的调和，大不致妨事……太太娇憨若不解事，处处还露出孩子气……虽然已有了几个小小爱的结晶，但这并不影响到太太方面。太太依然是年青，美丽……老爷公余回家，宴会以外，便享受太太的狂爱……即或是太太嗔怒多于喜乐，但这初不妨于幸福丝微……自然！有时还非这个不见的有趣。——

“六呢，经济上是拙笨了一点。然而她们资质很恰当，而性格趣味亦不见多少龃龉，在十一的神情举止间看来，还不是个二十四岁以上的姑娘……虽说是……但总还剩下一大段青春足供她俩浪费。——

“十与八呢，他们正都是在创造爱的时候，前途正有许多许多满开着白花，莺唱着情歌……可爱的春天可走。——

“我呢，我就是我。……一个人单单做梦，做一切的……我是专做梦的人，这也好。……

“特意来拜年的！”

我昏昏迷迷靠在客室那张褐色椅上睁起眼睛做梦，给六一声把我吵醒了。进房来的是一个阔绰而和气的胖子，这不要说可以知道是主人了，我连忙站起来把我为到别人面前而做出的笑脸，加上一倍高兴神气。照面一下，又得六与十为介绍了一句：

“这是三弟！”

头一次困难总算解除了。谈了两分钟“天气的好丑”，最后便是吃点心。

我总会是因为久久不向一个陌生人做笑脸了，从对坐那个小镜子中，我发现我自己困难的神色。在这样新年到人家屋里不是能做这样阴惨惨样子给主人看的。从这中，别人会引起比厌恶还更甚的误会。我只好尽他们谈话，把头慢慢移到壁间那几张油画上面去。

十一来了，她是依然像小孩子般可爱。大凡女人们既没有什么很不如意的事情——譬如死丈夫，丈夫讨小，或丈夫不在家专到外面鬼混，或两方面相差处太多，或家长不好……自然是很不容易老的，何况又有许多许多洋货铺为向外国几万里路运贩新奇化妆品呢。伊虽已为六做了七八年主妇，年龄也快到卅数目相近了，但任谁看来，都会承认伊是又风韵，又活泼，窈窕、温柔、娇美，——在间或有个时候，还会当着旁人，在六面前撒一点娇痴的一个妇人。

伊把六手上夹着年糕的筷子用极敏捷手法抢了过去，六但笑了一笑。有幸福的六！

“伊不是有意在那里骄傲人吗？！”

即或不是故意给我难堪，然这样我如何能看？我又悔恨我先前为甚不顽固到底了！

女主人十四同她八妹不久都来了，在伊等背后又同来了一位相貌不大引人注意——说刻薄点是有点笨傻——然而命好，衣衫漂亮时髦的少年。这自然是很有意思的一回事！十四夫妇一对，六与十一又是一对，十与八也可以算成一对：他们她们虽不能像公园中那末手挽着手儿谈话，脸偎着脸儿亲热，然他们各人心是融合的，心是整个的。我们虽是相互地谈着笑着，我无论如何是不会跑进她们心上去占据着一小角位置！终于我又要起身跑了。在我身子为他们制住，口中在设辞解释我要去的意思时，眼泪正朝里面心上流。

……

虽然在炫目的电灯下，大餐桌上，吃了一餐极精美丰富的晚饭，但心灵上的痛苦，却找不出什么相当的代价来赔偿了！

一月三十日

五

那陌生的不知名的年青的姑娘啊！一个孩子，一个懦弱的、渺小的、不为人所注意的平凡孩子，在这世界沉眠但有微细鼾呼的寂寞深夜，凭了凄清的流注到窗上床上的水银般漾动的月光，用眼泪为酒浆，贡献给神面前，祝你永生。

——祝你美丽的面目，不为一切悲哀之魔所啮伤；祝你纯洁的灵魂，永不浸入丑笨的世界缩影；祝你同玫瑰般：常开笑靥于芳春时节；祝你同春风般：到处使一切欢愉苏生，使世界光明璀璨；祝你沉酣的梦境里，能寻出神所吝惜与你的一切要求……萧萧的秋夜雨声中，你还能在你所爱的少年怀里安睡。

啊啊！姑娘！生命中的一刹那，这不过流星在长空无极间一瞥，这不过电花在漆黑深夜里一闪；但是，我便已成了你灵魂的俘虏了！我忘了社会告给我们的无意思的理性梏链，把我这无寄顿的爱，很自然地放到你苍穹般——纯洁伟大崇高的灵魂上面了！假使你知道到耶路撒冷的参朝圣地的人们是怎样一种志诚，在慈母摇篮里的小孩的微笑是怎样一种真率；你当知我是怎样的敬你。

日来的风也太猖狂了，我为了扫除我星期日的寂寞，不得不跑到东城一友人校中去消蚀这一段生命。诅咒着风的无聊，也许人人都一样。但是，当我同你在车上并排地坐着时，我却对这风私下致过许多谢忱了。风若知同情于不幸的人们，稍稍的——只要稍稍的因顾忌到一切的摧残而休息一阵，我又哪能有这样幸福？你那女王般骄傲，使我内心生出难堪的自惭，与毫不相恕的自谴。我自觉到一身渺小正如一只猫儿，初置身于一陌生锦绣辉煌的室中，几欲惶惧大号。……这呆子！这怪物，这可厌的东西！……当我惯于自伤的眼泪刚要跑出眶外时，我以为同坐另外几个人，正这样不客气地把那冷酷的视线投到我身上，露出卑鄙的神气。

到这世上，我把被爱的一切外缘，早已挫折消失殆尽了！我哪能再振勇气多看你一眼？

你大概也见到东单时颓然下车的我，但这对你值不得在印象中久占，至多在当时感到一种座位宽松后的舒适罢了！你又哪能知道车座上的一忽儿，一个同座不能给人以愉快的平常而且褴褛的少年，心中会有许多不相干的眼泪待流？

我不是什么诗人，不能用悦耳的清歌唱出灵魂中的蕴藏，我的（真美善）创作品，怕不过从灰败的凹陷的两个眼眶中泻出的一汪清泪罢了！明月在我被上伏着，除她还有谁能知道？

明月也跑去了！

二月二十二日

Láomei, zuohen! [1]

微微的凉风吹拂了衣裙，

淡淡的黄月洒满了一身。

星样的远远的灯成行排对，

灯样的小小的星无声长坠。

——《月下》

在长期的苦恼中沉溺，我感到疲倦、乏力、气尽，希望救援，置诸温暖。在一种空虚的想望中，我用我的梦，铸成了偶像一尊。我自己，所有的，是小姐们的一般人所不必要的东西，内在的，近于潜伏的，忧郁的热情。这热情，在种种习俗下，真无价值！任何一个女人，从任何一个男人身上都可找到的脸孔上装饰着的热情。人来向我处找寻，我却没有。我知道，一个小小的殷勤，能胜过更伟大但是潜默着的真爱。在另一方面，纵是爱，

① 苗语，意为：“妹子，真美呀！”

把基础建筑到物质一方，也总比到空虚不可捉找的精神那面更其切于实用。这也可说是女人们的聪明处。不过，傻子样的女人呢，我希望还是有。

我所需要于人，是不加修饰的热情，是比普通一般人更贴紧一点的友谊，要温柔，要体谅。我愿意我的友人脸相佳美，但愿意她灵魂更美，远远超过她的外表。我所追求的，我是深知。但在别人，所能给我的，是不是即我找寻的东西？我将于发现后，再检查我自己。这时，让它茫然的，发痴样，让朋友引我进到新的矿地，用了各种努力，去搜索，在短短期间中，证明我的期望。暂忘却我是一个但适宜于白日做梦的独行人，且携了希望，到事实中去印证。于我适宜的事，是没有比这更其适宜了，因此我到了一个地方。

呵，在这样月色里，我们一同进入一个夸大的梦境。黄黄的月，将坪里洒遍，却温暖了各人的心。草间的火萤，执了小小的可怜的火炬，寻觅着朋友。这行为，使我对它产生无限的同情。

小的友人！在这里，我们同是寻路者，我将燃起我心灵上的火把，同你样沉默着来行路！

月亮初圆，星子颇少。拂了衣裙的凉风，且复推到远地，芦苇叶子，瑟瑟在响。金铃子像拿了一面小锣在打，一个太高兴了天真活泼的小孩子！

四人整齐的贴到地上移动的影子，白的鞋，纵声的笑，精致的微像有刺的在一种互存客气中的谈话，为给我他日做梦方便起见，我一一地连同月色带给我的温柔感触，都保留到心上了。真像一个夸大的梦！我颇自疑。在另一时，一件极其平常的事，就会将我这幻影撞碎，而我，却又来从一些破碎不完整的残片中，找寻我失去的心。我将在一种莫可奈何中极其柔弱的让回忆的感情来宰割，且预先就见到我有一天会不可自拔的陷进到这梦的破灭的哀愁里。虽然，这时我却是对人颇朦胧，说是不需要爱，那是自欺的事，但我真实的对于人，还未能察觉到的内心就是生了沸腾，来固执这爱！在如此清莹的月光下，白玉雕像样的láomei前，我竟找不到我是蒙了幸福的处所来。我只觉得寂寞。尤其是这印象太美。我知道，我此后将于一串的未来日子里，再为月光介绍给我这真实的影子，在对过去的追寻里，我会苦恼得成一个长期囚于荒岛的囚人。

我想，我是永远在大地上独行的一个人，没有家庭，缺少朋友，过去如此，未来还是如此，且，自己是这样：把我理想中的神，拿来安置在一个或者竟不同道的女人身上，而我在现实中，又即时发现了事实与理想的不协调。我自己看人，且总如同在一个扩大镜里，虽然是有时是更其清白，但，谬误却随时随地显著暴露了。一根毛发，在我看来，会发现许多鳞片。其实这东西，在普通触觉下，无论如何不会刺手；而我对一根毛发样的事的打击，有时竟感到颇深的疼痛。……

我有所恐惧，我心忽颤抖，终于我走开了。我怕我会在一种误会下沉坠，我慢慢地把自己留在月光下孤独立着了。

我想起我可哀的命运，凡事我竟如此固执，不能抓住眼前的一切，享受刹那的幸福，美的欣赏却总偏到那种恍惚的梦里去。

“眼前，岂不是颇足快乐么？”谢谢朋友的忠告，正因为是眼前，我反而更其凄凉了。这样月色，这样情景，同样的珍重收藏在心里，倘若是不能遗忘，未必不可作他日温暖我们既已成灰之心。但从此事看来，人生的渺茫无端，就足使我们一同在这明月下痛哭了！

他日，我们的关系，不论变成怎样，想着时，都使我害怕。变，是一定的。不消说，我是希望它变成如我所期待的那一种，我们当真会成一个朋友。这也是我每一次同女人在一种泛泛的情形中接触时，就发生的一个希望。我竟不能使我更勇猛点，英雄点，做一个平常男子的事业，尽量的，把心灵迷醉到目下的欢乐中。我只深深地忧愁着：尽力扩张的结果，在他日，我会把我苦恼的分量加重，到逾过我所能担负的限度以外。我就又立时怜悯我自己起来。在一种欢乐空气中，我却不能做一点我应做的事，永远是向另一个虚空里追求，且竟先时感到了还未拢身的苦楚！

在朋友面前，我已证明我是一个与英雄相反的人了，我竟想逃。

在真实的谈话中，我们可以找出各人人格的质点来。在长期沉默里，我们可以使灵魂接近。但我都不愿去做。我欲从别人方面得到一个新的启示，把方向更其看得清楚，但我就怀了不安，简直不想把朋友看得透彻一点。力量于我，可说是全放到收集此时从视觉下可以吸入的印象上面去了。别人的话，我不听；我的话，却全不是我所应当说的夹七夹八的话。

“月亮真美！”

“月亮虽美，láomei，你还更美！”像朋友，短兵直入的夸赞，我却有我的拘束，想不到应如此说。

我的生涩，我的外形的冷静，我的言语，甚至于我的走路的步法，都不是合宜于这种空气下享受美与爱的，我且多了一层自知，我，熨贴别人是全无方法，即受láomei们来安慰，也竟不会!

朋友们，所有的爱，坚固得同一座新筑成的城堡样，且是女墙上插了绣花旗子，鲜艳夺目。我呢，在默默中走着自己的道路而已。

到了一个地方，大家便坐了下来。行到可歇憩处便应休息，正同友情一个样子。

“我应该怎么办？”想起来，当真应当做一点应做的事，为他日证明我在此一度月圆时，我的青春，曾在这世界上月光下开了一朵小小的花过。从官能上，我应用一种欣赏上帝为人造就这一部大杰作样去尽意欣赏。这只是一生的刹那，稍纵，月儿会将西沉，人也会将老去!

láomei zuohen!（妹子，真美呀！）一个春天，全在你的身上。一切光荣，一切幸福，以及字典上一堆为赞美而预备的字句，都全是为你们年青láomei而预备。

颇远的地方，有市声随了微风扬到耳边。月亮把人的影子安置到地上。大坪里碎琉璃片类，在月下都反射着星样的薄光。一切一切，在月光的抚弄下，都极其安静，入了睡眠。月边，稀薄的白云，如同淡白之微雾，又如同扬着的轻纱。

……单为这样一个良夜圆月，人即使陌生再陌生，对这上天的恩惠，也合当拥抱，亲吻，致其感谢！

一个足以自愕的贪欲，一个小小的自私，在动人的月光下，便同野草般在心中滋长起来了。我想到人类的灵魂用处来。我想到将在这不可复得之一刹那，在各人心头，留下一道较深的印子。在两人的嘴边，留下一个永远的温柔的回味。时间在我们脚下轻轻滑过，没有声息，初不停止，到明日，我们即已无从在各人脸上找出既已消失的青春了！用颇大的力量，把握到现实，真无疑虑之必须！

把要求提高，在官能上，我可以做一点粗暴点的类乎掠夺样的事情来，表示我全身为力所驱迫的热情，于自己，私心的扩张，也是并不怎样不恰当。且，那样结果，未必比我这么沉默下来情形还更坏。照这样做，我也才能更像男子一点。一个男子，能用力量来爱人，比在一种女性的羞腼下盼望一个富于男性的女子来怜悯，那是好多了。

但我并不照到我的心去做。头上月亮，同一面镜子，我从映到地下的影子上起了一个颓唐的自馁的感慨，“不必在未来，眼前的我，已是老了，不中用了，再不配接受一个人的友情了。倘若是，我真有那种力量，竟照我自私的心去办，到他时，将更给我痛苦。这将成我一个罪孽，我曾沉溺到忏悔的深渊里，无从自救。”于是，身虽是还留在别人身边，心却偷偷悄悄地逃了下来，跑到幽僻到她要找也无从找的一处去了。

láomei zuohen！一个春天，全在你的身上。一切光荣，一切幸福，以及字典上一堆为赞美而预备的字句，都全是为你们而有。一切艺术由你们来建设。恩惠由你们颁布给人。剩下来的忧愁苦恼，却为我们这类男子所有了！

在蓝色之广大空间里；
月儿半升了银色之面孔，
超绝之“美满”在空中摆动。
星光在毛发上闪烁——如神话里之表现。

——《微雨·她》

我如同哑子，无力去狂笑、痛哭，宁静地在梦样的花园里勾留，且斜睇无声长坠之流星。想起《微雨·幽怨》的前段：

流星在天心走过，反射出我心中一切幽怨。不是失望的凝结，抑攻击之窘迫，和征服之败北！……

心中有哀戚幽怨，他人的英雄，乃再形成我的无用。我乃留心沙上重新印下之足迹，让它莫在记忆中为时光拭尽。

“我全是沉闷，静寂，排列在空间之隙。”

朋友离我而他去，淡白的衣裙，消失到深蓝暗影里。我不能说生命是美丽抑哀戚。在淡黄色月亮下归来，我的心涂上了月的光明。倘他日独行旷野时，将用这永存的光明照我行路。

一九二六年八月二十一日深夜作

西山的月

“求你将我放在你心上如印记，带在你臂上如戳记。”我念诵着《雅歌》来希望你，我的好人。

你的眼睛还没掉转来望我，只起了一个势，我早惊乱得同一只听到弹弓弦子响中的小雀了。我是这样怕与你灵魂接触，因为你太美丽了的缘故。

但这只小雀它愿意常常在弓弦响声下惊惊惶惶乱窜，从惊乱中它已找到更多的舒适快活了。

在青玉色的中天里，那些闪闪烁烁的星群，有你的眼睛存在：因你的眼睛也正是这样闪烁不定，且不要风吹。

在山谷中的溪涧里，那些清莹透明的出山泉，也有你的眼睛存在：你眼睛我记着比这水还清莹透明，流动不止。

我侥幸又见到你一度微笑了，是在那晚风为散放的盆莲旁边。这笑里有清香，我一点都不奇怪，本来你笑时是有种比清香还能沁人心脾的东西！

我见到你笑了，还找不出你的泪来。当我从一面篱笆前过身，见到那些嫩紫色牵牛花上负着的露珠，便想：倘若是她有什么不快事缠上了心，泪珠不是正同这露珠一样美丽，在凉月下会起虹彩吗？

我是那么想着，最后便把那朵牵牛花上的露珠用舌子舔干了。

“怎么这人哪，不将我泪珠穿起？”你必不会这样来怪我，我实在没有这种本领。我头发白得太多了，纵使我能，也找不到穿它的东西！

病渴的人，每日里身上疼痛，心中悲哀，你当真愿意不愿给渴了的人一点甘露喝？

这如像做好事的善人一样：可怜路人的渴涸，济以茶汤，恩惠将附在这路人心上，做好事的人将蒙福至于永远。

我日里要做工，没有空闲。在夜里得了休息时，便沿着山涧去找你。我不怕虎狼，也不怕伸着两把钳子来吓我的蝎子，只想在月下见你一面。

碰到许多打起小小火把夜游的萤火，问它们，“朋友朋友，你曾见过一个人吗？”

“你找寻的那个人是个什么样子呢？”

我指那些闪闪烁烁的群星，“哪，这是眼睛。”

我指那些飘忽的白云，“哪，这是衣裳。”

我要它们静心去听那些涧泉和音，“哪，她声音同这一样。”

我末了把刚从花园内摘来那朵粉红玫瑰在它们眼前晃了一下，“哪，这是脸。”

这些小东西，虽不知道什么叫作骄傲，还老老实实听我的话，但当我问它们听清白没有？只把头摇了摇就想跑。

“怎么，究竟见不见到呢？”——我赶着追问。

“我这灯笼照我自己全身还不够！先生，放我吧，不然，我会又要绊倒在那些不忠厚的蜘蛛设就的圈套里……虽然它们也不能奈何我，但我不愿意同它麻烦。先生，你还是问别个吧，再扯着我会赶不上它们了。”——它跑去了。

我行步迟钝，不能同它们一起遍山遍野去找你——但凡是山上有月色流注到的地方我都到了，不见你的踪迹。

回过头去，听那边山下有歌声飘扬过来，这歌声出于日光只能在垣处徘徊的狱中。我跑去为他们祝福：

你那些强健无知的公绵羊啊！

神给了你强健却吝了知识：
每日和平守分地咀嚼主人给你们的窝窝头。
疾病与忧愁永不凭附于身；
你们是有福了——阿门！

你那些懦弱无知的母绵羊啊！
神给了你温柔却吝了知识：
每日和平守分地咀嚼主人给你们的窝窝头，
失望与忧愁永不凭附于身；
你们也是有福了——阿门！

世界之霉一时侵不到你们身上，
你们但和平守分地生息在圈牢里：
能证明你主人的恩惠——
同时证明了你主人的富有；
你们都是有福了——阿门！

当我起身时，有两行眼泪挂在脸上。为别人流还是为自己流呢？我自己还要问他人。但这时除了中天那轮凉月外，没有能做证明的人。

我要在你眼波中去洗我的手，摩到你的眼睛，太冷了。

倘若我的眼睛真是这样冷，在你鉴照下，有个人的心会结成冰。

这也是我游香山时找得的一篇文章，找得的地方是半山亭。似乎是什么人遗落忘记的稿子。文章虽不及古文高雅，但半夜里能一个人跑上半山亭来望月，本身已就是个妙人了。

当我刚发现这稿子念过前几段时，心想不知是谁个女人来消受他这郁闷的热情，未免起了点妒羡心。到末了使我了然，因最后一行写的是“待人承领的爱”这六个字令我失望，故把它圈掉了。为保存原文起见，乃在这里声明一句。

若有某个人能切实证明这招贴文章是寄她的，只要把地点告知，我也愿把原稿寄给她，左右留在我身边也是无用东西。至于我，不经过别人许可，就在这里把别人文章发表了，不合理的地方，特在此致一声歉，不过想来既然是招贴类文章，擅自发表出来，也不算十分无道德心吧。

一九二五年九月一日作

生之记录

一

下午时，我倚在一堵矮矮的围墙上，浴着微温的太阳。春天快到了，一切草，一切树，还不见绿，但太阳已很可恋了。从太阳的光上我认出春来。

没有大风，天上全是蓝色。我同一切，浴着在这温暾的晚阳下，都没言语。

“松树，怎么这时又不做出昨夜那类响声来吓我呢？”

“那是风，何尝是我意思！”有微风树间在动，做出小小声子在答应我了！

“你风也无耻，只会在夜间来！”

“那你为什么又不常常在阳光下生活？”

我默然了。

因为疲倦，腰隐隐在痛，我想哭了。在太阳下还哭，那不是可羞的事吗？我怕在墙坎下松树根边侧卧着那一对黄鸡笑我，竟不哭了。

“快活的东西，明天我就要教老田杀了你！”

“因为妒忌的缘故。”松树间的风，如在揶揄我。

我妒忌一切，不只是人！我要一切，把手伸出去，别人把工作扔在我手上了，并没有见我所要的同来到。候了又候，我的工作已为人取去，随意地一看，又放下到别处去了，我所希望的仍然没有得到。

第二次，第三次，扔给我的还是工作。我的灵魂受了别的希望所哄骗，工作接到手后，又低头在一间又窄又霉的小房中做着了，完后再伸手出去，所得的还是工作！

我见过别的朋友们，忍受着饥寒，伸着手去接得工作到手，毕后，又伸手出去，直到灵魂的火焰烧完，伸出的手还空着，就此僵硬，让漠不相关的人抬进土里去，也不知有多少了。

这类烧完了热安息的幽魂，我就有点妒忌它。我还不能像他们那样安静地睡觉！梦中有人在追赶我，把我不能做的工作扔在我手上，我怎么不妒忌那些失了热的幽魂呢？

我想着，低下头去，不再顾到抖着脚曝于日的鸡笑我，仍然哭了。

在我的泪点坠跌际，我就妒忌它，泪能坠到地上，很快地消灭。

我不愿我身体在灵魂还有热的以前消灭。有谁人能告我以灵魂的火先身体而消灭的方法吗？我称他为弟兄，朋友，师长——

或更好听一点的什么，只要把方法告我！

我忽然想起我浪了那么多年为什么还没烧完这火的事情了，研究它，是谁在暗里增加我的热。

——母亲，瘦黄的憔悴的脸，是我第一次出门做别人副兵时记下来的……

——妹，我一次转到家去，见我灰的军服，为灰的军服把我们弄得稍稍陌生了一点，躲到母亲的背后去；头上扎着青的绸巾，因为额角在前一天涨水时玩着碰伤了……

——大哥，说是“少喝一点吧”，答说“将来很难再见了”。看看第二支烛又只剩一寸了，说是“听鸡叫从到关外就如此了”，大的泪，沿着为酒灼红了的瘦颊流着……

“我要把妈的脸变胖一点”，单想起这一桩事，我的火就永不能熄了。

若把这事忘却，我就要把我的手缩回，不再有希望了。……

可以证明春天将到的日头快沉到山后去了。我腰还在痛。想拾片石头来打那骄人的一对黄鸡一下，鸡咯咯地笑着逃走去。

把石子向空中用力掷去后，我只有准备夜来受风的恐吓。

二

灰的幕，罩上一切，月不能就出来，星子很多在动。在那只留下一个方的轮廓的建筑下面，人还能知道是相互在这世上活着，我却不能相信世上还有两个活人。世上还有活东西我也不肯信。因为一切死样的静寂，且无风。

我没有动作，倚在廊下听自己的出气。

若是世界永远是这样死样沉寂下去，我的身子也就这样不必动弹，作为死了，让我的思想来活，管领这世界。凡是在我眼面前生过的，将再在我思想中活起来了，不论仇人或朋友，连那被我无意中捏死的吸血蚊子。

我要再来受一道你们世上人所给我的侮辱。

我要再见一次所见过人类的残酷。

我要追出那些眼泪同笑声的损失。

我要捉住那些过去的每一个天上的月亮拿来比较。

我要称称我朋友们送我的感情的分量。

我要摩摩那个把我心碰成永远伤创的人的眼。

我要哈哈地笑，像我小时的笑。

我要在地下打起滚来哭，像我小时的哭！

……

我没有那样好的运，就是把这死寂空气再延下去一个或半个时间也不可能——一支笛子，在比那堆只剩下轮廓的建筑更远一点的地方，提高喉咙在歌了。

听不出他是怒还是喜来，孩子们的嘴上，所吹得出的是天真。

“小小的朋友，你把笛子离开嘴，像我这样，倚在墙或树上，地上的石板干净你就坐下，我们两人来在这死寂的世界中，各人把过去的世界活在思想里，岂不是好吗？在那里，你可以看见你所爱的一切，比你吹笛子好多了！”

我的声音没有笛子的尖锐，当然他不会听到。

笛子又在吹了，不成腔调，正可证明他的天真。

他这个时候是无须乎把世界来活在思想里的，听他的笛子的快乐的调子可以知道。

“小小的朋友，你不应当这样！别人都没有做声，为什么你来搅乱这安宁，用你的不成腔的调子？你把我一切可爱的复活过来的东西都破坏了，罪人！”

笛子还在吹。他若能知道他的笛子有怎样大的破坏性，怕也能看点情面把笛子放下吧。

什么都不能不想了，只随到笛子的声音。

沿着笛子我记起一个故事，六岁至八岁时，家中一个苗老阿妍[1]，对我说许多故事。关于笛子，她说原先有个皇帝，要算喜欢每日里打着哈哈大笑，成了疯子。皇后无法，把赏格悬出去，治得好皇帝的赏公主一名。这一来人就多了。公主美丽像一朵花，谁都想把这花带回家去。可是谁都想不出什么好办法来。有些人甚至于把他自己的儿子，牵来当到皇帝面前，切去四肢，皇帝还是笑！同样这类笨法子很多。皇帝以后且笑得更凶了。到

① 阿妍，苗语称谓，意为大姐。

后来了一个人，乡下人样子，短衣，手上拿一支竹子。皇后问：你可以治好皇帝的病吗？来人点头。又问他要什么药物，那乡下人递竹子给皇后看。竹子上有眼，皇后看了还是不懂。一个乡下人，看样子还老实，就叫他去试试吧。见了皇帝，那人把竹子放在嘴边，略一出气，皇帝就不笑了。第一段完后，皇帝笑病也好了。大家欢喜得了不得。……那公主后来自然是归了乡下人。不过，公主学会吹笛子后，皇后却把乡下人杀了。……从此笛子就传下来，因为有这样一段惨事，笛子的声音听起来就很悲伤。

阿姇人是早死了，所留下的，也许只有这一个苗中的神话了。（愿她安宁！）

我从那时起，就觉得笛子用到和尚道士们做法事顶合式。因为笛子有催人下泪的能力，做道场接亡时，不能因丧事流泪的，便可以使笛子掘开他的泪泉！

听着笛子就下泪，那是儿时的事，虽然不一定家中死什么人。二姐因为这样，笑我是孩子脾气，有过许多回了。后来到她的丧事，一个师傅，正拿起笛子想要逗引家中人哭泣，我想及二姐生时笑我的情形，竟哭得晕去了。

近来人真大了，虽然有许多事情养成我还保存小孩爱哭的脾气，可是笛子不能令我下泪。近来闻笛，我追随笛声，扬到虚空，重现那些过去与笛子有关的事，人一大，感觉是自然而然也钝了。

笛声歇了，我骤然感到空虚起来。

——小小的吹笛的朋友，你也在想什么吧？你是望着天空一个人在想什么吧？我愿你这时年纪，是只晓得吹笛的年纪！你若是真懂得像我那样想，静静地想从这中抓取些渺然而过的旧梦，我又希望你再把笛勒在嘴边吹起来！年纪小一点的人，载多悲哀的回忆，他将不能再吹笛了！还是吹吧，夜深了，不然你也就睡得了！

像知道我在期望，笛又吹着了，声音略变，大约换了一个较年长的人了。

抬起头去看天，黑色，星子却更多更明亮。

三

在雨后的中夏白日里，麻雀的吱喳虽然使人略略感到一点单调的寂寞，但既没有沙子被风吹扬，拿本书坐在槐树林下去看，还不至于枯燥。

镇日为街市电车弄得耳朵长是嗡嗡隆隆的我，忽又跑到这半乡村式的学校来了。名为骆驼庄，我却不见过一匹负有石灰包的骆驼，大概它们这时是都在休息了吧。在这里可以听到富于生趣的鸡声，还是我到北京来一个新发现。这些小喉咙喊声，是夹在农场上和煦可亲的母牛唤犊的喊声里的，还有坐在榆树林里躲荫的流氓鹧鸪同它们相应和。

鸡声我至少是有了两年以上没有听到过了，乡下的鸡声则是民十时在沅州[①]的三里坪农场中听过。也许是还有别种缘故吧，凡是鸡声，不问它是荒村午夜还是晴阴白昼，总能给我一种极深的新的感动。过去的切慕与怀恋，而我也会从这些在别人听来或许但会感到夏日过长催人疲倦思眠的单调长声中找出。

初来北京时，我爱听火车的呜呜汽笛。从这中我发现了它的伟大，使我不驯的野心常随着那些呜呜声向天涯不可知的辽远渺茫中驰去。但这不过是一种空虚寂寞的客寓中寄托罢了！若拿来同乡村中午鸡相互唱酬的叫声相比，给人的趣味，可又不相同了。

我以前从不会在寓中半夜里有过一回被鸡声叫醒的事情。至于白日里，除了电车的隆隆隆以外，便是百音合奏的市声！连母鸡下蛋时“咯大咯”也没有听到过。我于是疑心北京城里的住户人家是没有养过一只活鸡的。然而，我又知道我猜测的不对了，我每次为相识扯到饭馆子去，总听到“辣子鸡”“熏鸡”等等名色。我到菜市去玩时，似乎看到那些小摊子下面竹罩笼里，的确也又还有些活鲜鲜（能伸翅膀，能走动，能低头用嘴壳去清理翅子但不做声）的鸡。它们如同哑子，挤挤挨挨站着却没有做声。倘若一个从没看见过鸡的人，仅仅根据书上或别人口中传说“鸡是好勇狠斗，能引吭高唱……”鸡的样子，那末，见了这罩笼里的鸡，我敢说他绝不会相信这就是鸡！

---

① 沅州位于湖南省西部，即今湖南省芷江县。

它们之所以不能叫，或者并不是不会叫（因为凡鸡都会叫，就是鸡婆也能“咯大咯”），只是时时担惊受怕，想着那锋利的刀，沸滚的水，忧愁不堪，把叫的事就忘怀了呢！这本不奇怪，譬如我们人到忧愁无聊（还不至于死）时，不是连讲话也不大愿意开口吗？

然而我还有不解者，是：北京的鸡，固然是日陷于宰割忧惧中，但别的地方鸡，就不是拿来让人宰割的？为甚别的地方的鸡就有兴致高唱愉快的调子呢？我于是乎觉得北京古怪。

看着沉静不语的深蓝天空，想着北京城中的古怪，为那些一递一声鸡唱弄得有点疲倦来了。日光下的小生物，行动野佻的蚊子，在空中如流星般晃去，似乎更其愉快活泼，我记起了“翩若惊鸿婉若游龙”两句古典文章来。

四

夜来听到淅沥的雨声，还夹着嗡嗡隆隆的轻雷，屈指计算今年消失了的日月，记起小时觉得有趣的端阳节将临了。

这样的雨，在故乡说来是为划龙舟而落。若在故乡听着，将默默地数着雨点，为一年来老是卧在龙王庙仓房里那几只长而狭的木舟高兴，童心的欢悦，连梦也是甜蜜而舒适！北京没有一条小河，足供五月节龙舟竞赛，所以我觉得北京的端阳寂寞。既没有划龙舟的小河，为划龙舟而落的雨又这样落个不止，我于是又觉得这雨也落得异常寂寞无聊了。

雨是哗喇哗喇地落，且当作故乡的夜雨吧：卧在床上已睡去几时候的九妹，为一个炸雷惊醒后，听到点点滴滴的雨声，又怕又喜，将搂着并头睡着妈的脖颈，极轻地说：

“妈，妈，你醒了吧。你听又在落雨了！明天街上会涨水，河里自然也会涨水。莫把北门河的跳岩淹过了。我们看龙舟又非要到二哥干爹那吊楼上不可了！那桥上的吊楼好是好，可是若不涨大水，我们仍然能站到玉英姨她家那低一点的地方去看，无论如何要有趣一点。我又怕那楼高，我们不放炮仗，站到那么高高的楼上去看有什么意思呢？妈，妈，你讲看：到底是二哥干爹那高楼上好呢，还是玉英姨家好？”

“我宝宝说得都是。你喜欢到哪一处就去哪处。你讲哪处好就是哪处。”妈的答复，若是这样能够使九妹听来满意，那么，九妹便不再做声，又闭眼睛做她的龙舟梦去了。

第二天早上，我倘若说：

——老九，老九，又涨大水了。明天，后天，看龙船快了！你预备的衣服怎样？这无论如何不到十天了啦！

她必又格登格登跑到妈身边去催妈为赶快把新的花纺绸衣衫缝好，说是免得又穿那件旧的花格子洋纱衫子出丑。其实她那新衣只差的一排扣子同领口没完工，然而终不能禁止她去同妈唠叨。

晚上既下这样大雨，一到早上，放在檐口下的那些木盆木桶会满盆满桶地装着雨水了。这雨水省却了我们到街上喊卖水老江进屋的功夫。包粽子的竹叶子便将在这些桶里洗漂。

只要是落雨，可以不用问他大小，都能把小孩子引到端节来临的欢喜中去。大人们呢，将为这雨增添了几分忙碌。

但雨有时会偏偏到五日那一天也不知趣大落而特落的。（这是天的事情，谁能断料得定？）所以，在这几天，小孩子人人都有一点工作——这是没有哪一个小孩子不愿抢着做的工作：就是祈祷。他们诚心祈祷那一天万万莫要落下雨来，纵天阴没太阳也无妨。他们祈祷的意思如像请求天一样，是各个用心来默祝，口上却不好意思说出。这既是一般小孩的事，是以九妹同六弟两人都免不了背人偷偷地许下愿心——大点的我，人虽大了，愿天晴的心思却不下于他俩。

于是，这中间就又生出争持来了。譬如谁个胆虚一点，说了句。

“我猜那一天必要落雨呀。”

那一个便：“不，不，决不！我敢同谁打赌：落下了雨，让你打二十个耳刮子以外还向你磕一个头。若是不，你就为我——”

“我猜必定要下，但不大。”心虚者又若极有把握地说。

“那我同你打赌吧。”

不消说为天晴袒护这一方面的人，当听到雨必定要下的话时气已登脖颈了！但你若疑心到说下雨方面的人就是存心愿意下雨，这话也说不去。这里两人心虚，两个都生怕下雨而愿意莫下雨，却是一样。

侥幸雨是不落了。那些小孩子们对天的赞美与感谢，虽然是在心里，但你也可从那微笑的脸上找出。这些诚恳的谢词若用东西来贮藏，恐怕找不出那么大的一个口袋呢。

我们在小的孩子们（虽然有不少的大人，但这样美丽佳节原只是为小孩子预备的，大人们不过是搭秤的猪肝罢了。）喝彩声里，可以看到那几只狭长得同一把刀一样的木船在水面上如掷梭一般抛来抛去。一个上前去了，一个又退后了；一个停顿不动了，一个又打起圈子演龙穿花起来。使船行动的是几个红背心绿背心——不红不绿之花背心的水手。他们用小的桡桨促船进退，而他们身子又让船载着来往，这在他们，真可以说是用手在那里走路呢。

……

过了这样发狂似的玩闹一天，那些小孩子如像把期待尽让划船的人划了去，又太平无事了。那几只长狭木船自然会有些当事人把它拖上岸放到龙王庙去休息，我们也不用再去管它。“它不寂寞吗？”幸好遇事爱发问的小孩们还没有提出这么一个问题来为难他妈。但我想即或有聪明小孩子问到这事，还可以用这样话来回答：“它已结结实实同你们玩了一整天，这时应得规规矩矩睡到龙王庙仓下去休息！它不像小孩子爱热闹，所以也不会寂寞。”

从这一天后，大人小孩似乎又渐渐地把前一日那几把水上抛去的梭子忘却了——一般就很难听人从闲话中提到这梭子的故事。直到第二年五月节将近，龙舟雨再落时，又才有人从点点滴滴中把这位被忘却的朋友记起。

五

我看我桌上绿的花瓶，新来的花瓶，我很客气地待它，把它位置在墨水瓶与小茶壶之间。

节候近初夏了。各种的花都已谢去。这样古雅美丽的瓶子，适宜插丁香花，适宜插藤花，一枝两枝，或夹点草，只要是青的，或是不很老的柳枝，都极其可爱。但是，各样花都谢了，或者是不谢，我无从去找。

让新来的花瓶，寂寞地在茶壶与墨水瓶之间过了一天。

花瓶还是空着，我对它用得着一点羞惭了。这羞惭，是我曾对我的从不曾放过茶叶的小壶，和从不曾借重它来写一点可以自慰的文字的墨水瓶，都有过的。

新的羞惭，使我感到轻微的不安。心想，把来送像廷蔚那种过时的生活的人，岂不是很好么？因为疲倦，虽想到，亦不去做，让它很陌生地，仍立在茶壶与墨水瓶中间。

懂事的老田，见了新的绿色花瓶，知道自己新添了怎样一种职务了，不待吩咐，便走到农场边去，采得一束二月兰和另外一种不知名的草花，把来一同插到瓶子里，用冷水灌满了瓶腹。

既无香气，连颜色也觉可憎……我又想到把瓶子也一同摔到窗外去，但只不过想而已。看到二月兰同那株野花吸瓶中的冷水。乘到我无力对我所憎的加以惩治的疲倦时，这些野花得到不应得的幸福了。

节候近初夏了，各样的花都已谢去，或者不谢，我也无从去找。

从窗子望过去，柏树的叶子，都已成了深绿，预备抵抗炎夏的烈日，似乎绿也是不得已。能够抵抗，也算罢了。我能用什么来抵抗这晚春的懊恼呢？我不能拒绝一个极其无聊按时敲打的校钟，我不能……我不能再拒绝一点什么。凡是我所憎的都不能拒绝。这时远远的正有一个木匠或铁匠在用斧凿之类做一件什么工作。钉钉地响，我想拒绝这种声音，用手蒙了两个耳朵，我就无力去抬手。

心太疲倦了。

绿的花瓶还在眼前，仿佛知道我的意思的老田，换上了新从外面要来的一枝有五穗的紫色藤花。淡淡的香气，想到昨日的那个女人。

看到新来的绿瓶，插着新鲜的藤花，呵，三月的梦，那么昏昏地做过！

……想要写些什么，把笔提起，又无力地放下了。

一九二六年二月完成

小草与浮萍

小萍儿被风吹着停止在一个陌生的岸旁。他打着旋身睁起两个小眼睛察看这新天地。他想认识他现在停泊的地方究竟还同不同以前住过的那种不惬意的地方。他还想：

——这也许便是诗人告给我们的那个虹的国度里！

自然这是非常容易解决的事！他立时就知道所猜的是失望了。他并不见什么玫瑰色的云朵，也不见什么金刚石的小星。既不见到一个生银白翅膀，而翅膀尖端还蘸上天空明蓝色的小仙人，更不见一个坐在蝴蝶背上，用花瓣上露颗当酒喝的真宰。他看见的世界，依然是骚动骚动像一盆泥鳅那末不绝地无意思骚动的世界。天空苍白灰颓同一个病死的囚犯脸子一样，使他不敢再昂起头去第二次注视。

他真要哭了！他于是唱着歌诉说自己凄惶的心情：

“侬是失家人，萍身伤无寄。江湖多风雪，频送侬来去。风雪送侬去，又送侬归来；不敢识旧途，恐乱侬行迹……”

他很相信他的歌唱出后，能够换取别人一些眼泪来。在过去的时代波光中，有一只折了翅膀的蝴蝶堕在草间，寻找不着它的相恋者，曾在他面前流过一次眼泪，此外，再没有第二回同样的事情了！这时忽然有个突如其来的声音止住了他：

“小萍儿，漫伤嗟！同样漂泊有杨花。”

这声音既温和又清婉，正像春风吹到他肩背时一样，是一种同情的爱抚。他很觉得惊异，他想：

——这是谁？为甚认识我？莫非就是那只许久不通消息的小小蝴蝶吧？或者杨花是她的女儿……

但当他抬起含有晶莹泪珠的眼睛四处探望时，却不见一个小生物。他忙提高嗓子：

“喂！朋友，你是谁？你在什么地方说话？”

“朋友，你寻不到我吧？我不是那些伟大的东西！虽然我心在我自己看来并不很小，但实在的身子却同你不差什么。你把你视线放低一点，就看见我了。……是，是，再低一点……对了！”

他随着这声音才从路坎上一间玻璃房子旁发现一株小草。她穿件旧到将退色了的绿衣裳。看样子，是可以做一个朋友的。当小萍儿眼睛转到身上时，她含笑说：

“朋友，我听你唱歌，很好。什么伤心事使你唱出这样调子？倘若你认为我够得上做你一个朋友，我愿意你把你所有的痛苦细细地同我讲讲。我们是同在这靠着做一点梦来填补痛苦的寂寞旅途上走着呢！”

小萍儿又哭了，因为用这样温和口气同他说话的，他还是初次入耳呢。

他于是把他往时常同月亮诉说而月亮却不理他的一些伤心事都一一同小草说了。他接着又问她是怎样过活。

“我吗？同你似乎不同了一点。但我也不是少小就生长在这里的。我的家我还记着：从不见到什么冷得打颤的大雪，也不见什么吹得头痛的大风，也不像这里那么空气干燥，时时感到口渴，——总之，比这好多了。幸好，我有机会傍在这温室边旁居住，不然，比你还许不如！”

他曾听过别的相识者说过，温室是一个很奇怪的东西。凡是在温室中打住的，不知道什么叫作季节，永远过着春天的生活。虽然是残秋将尽的天气，碧桃同樱花一类东西还会恣情地开放。这之间，卑卑不足道的虎耳草也能开出美丽动人的花朵，最无气节的石菖蒲也会变成异样的壮大。但他却还始终没有亲眼见到过温室是什么样子。

“呵！你是在温室旁住着的，我请你不要笑我浅陋可怜，我还不知道温室是怎么样一种地方呢。”

从他这问话中，可以见他略略有点羡慕的神气。

“你不知道却是一桩很好的事情。并不巧，我——”

小萍儿又抢着问：

“朋友，我听说温室是长年四季过着春天生活的！为甚你又这般憔悴？你莫非是闹着失恋的一类事吧？”

“一言难尽！”小草叹了一口气。歇了一阵，她像在脑子里搜索得什么似的，接着又说，“这话说来又长了。你若不嫌烦，我可以从头一一告诉你。我先前正是像你们所猜想的那么愉快，每日里同一些姑娘们少年们有说有笑的过日子。什么跳舞会啦，牡丹与芍药结婚啦……你看我这样子虽不什么漂亮，但筵席上少了我她们是不欢的。有一次，真的春天到了，跑来了一位诗人。她们都说他是诗人，我看他那样子，同不会唱歌的少年并没有什么不同。我一见他那尖瘦有毛的脸嘴，就不高兴。嘴巴尖瘦并不是什么奇怪事，但他却尖得格外讨厌。又是长长的眉毛，又是崭新的绿森森的衣裳，又是清亮的嗓子，直惹得那一群不顾羞耻的轻薄骨头发癫！就中尤其是小桃——”

“那不是莺哥大诗人吗？”照小草所说的那诗人形状，他想，必定是会唱赞美诗的莺哥了。但穿绿衣裳又会唱歌的却很多，因此又这样问。

“嘘！诗人？单是口齿伶便一点，简直一个儇薄儿罢了！我分明看到他弃了他居停的女人，飞到园角落同海棠偷偷的去接吻。”

她所说的话无非是不满意于那位漂亮诗人。小萍儿想：或者她对于这诗人有点妒意吧！

但他不好意思将这疑问质之于小草，他们不过是新交。他只问：

“那末，她们都为那诗人轻薄了！”

“不。还有——”

“还有谁？”

“还有玫瑰。我虽然是常常含着笑听那尖嘴无聊的诗人唱情歌，但当他嬉皮涎脸地飞到她身边，想在那鲜嫩小嘴唇上接一个吻时，她却给他狠狠地刺了一下。”

“以后，——你？”

“你是不是问我以后怎么又不到温室中了吗？我本来是可以在那里住身的。因为秋的饯行筵席上，大众约同开一个跳舞会，我这好动的心思，又跑去参加了。在这当中，大家都觉到有点惨沮，虽然是明知春天终不会永久消逝。”

“诗人呢？”

“诗人早不知到什么地方去了。有些姐妹们也想，因为无人唱诗，所以弄得满席抑郁不欢。不久就从别处请了一位小小跛脚诗人来。他小得可怜，身上还不到一粒白果那么大。穿一件黑油绸短袄子，行路一跳一跳——”

“那是蟋蟀吧？”其实小萍儿并不与蟋蟀认识，不过这名字对他很熟罢了！

“对。他名字后来我才知道的。那你大概是与他认识了！他真会唱。他的歌能感动一切，虽然调子很简单。——我所以不到温室中过冬，愿到这外面同一些不幸者为风雪暴虐下的牺牲者一道，就是为他的歌所感动呢。——看他样子那么渺小，真不值得用正眼刷一下。但第一句歌声唱出时，她们的眼泪便一起为他挤出来了！他唱的是‘萧条异代不同时’。这本是一句旧诗，但请想，这样一个饯行的筵席上，这种诗句如何不敲动她们的心呢？就中尤其感到伤心的是那位密司柳。她原是那绿衣诗人的旧居停。想着当日‘临流顾影，婀娜丰姿’，真是难过！到后又唱到‘姣艳芳姿人阿谀，断枝残梗人遗弃……’把密司荷又弄得嚎啕大哭了。……还有许多好句子，可惜我不能一一记下。到后跛脚诗人便在我这里住下了。我们因为时常谈话，才知道他原也是流浪性成了随遇而安的脾气。——”

他想，这样诗人倒可以认识认识，就问：

“现在呢？”

“他因性子不大安定，不久就又走了！”

小萍儿听到他朋友的答复，怃然若有所失，好久好久不做声。他末后又问她唱的“小萍儿，漫伤嗟，同样漂泊有杨花！”那首歌是什么人教给她的时，小草却掉过头去，羞涩地说，就是那跛脚诗人。

一九二五年二月十四日作

黑魇

昆明市空袭威胁，因同盟国飞机数量逐渐增多后，空战由防御转为进攻，城中空袭俨然成为过去一种噩梦，大家已不甚在意。两年前被炸被焚的瓦砾堆上，大多数有壮大美观的建筑矗起。疏散乡下的市民，于是陆续离开了静寂的乡村，从新变作“城里人”。当进城风气影响到我住的滇池边那个小乡村时，家中会诅咒猫儿打喷嚏的张嫂，正受了梁山伯恋爱故事刺激，情绪不大稳定，就借故说：

“太太，大家都搬进城里住去了，我们怎么不搬？城里电灯方便，自来水方便，先生上课方便，小弟读书方便，还有你，太太，要教书更方便！我看你一天来回五龙埠跑十里路，心都疼了。”

主妇不做声，只笑笑。这种建议自然不会成为事实，因为我们实在还无做城里人资格。真正需要方便的是张嫂。

过了两个月，张嫂变更了个谈话方式。

“太太，我想进城去看看我大姑妈，一个全头全尾的好人，心真好！总不说谎，除非万不得已，不赌咒！

“五年不见面，托人带了信来，想得我害病！我陪她去住住，两个月就回来。我舍不得太太和小弟，一定会回来的！你借我一个月薪水，我发誓……小弟真好！”

平时既只对于梁山伯婚事关心，从不提起过这位大姑妈。不过叙述到另外一个女用人进城后，如何嫁了个穿黑洋服的“上海人”，直充满羡慕神气。我们如看什么象征派新诗一样，有了个长长的注解，好坏虽不大懂，内容已全然明白。昆明穿洋服的文明人可真多，我们不好意思不让她试试机会，自然一切同意。于是不多久，张嫂就换上那件灰线呢短袖旗袍，半高跟旧皮鞋，带上那个生锈的洋金手表，扁扁脸上还敷了好些白粉，打扮得香喷喷的，兴奋而快乐，骑马进城看她的抽象姑妈去了。

我依然在乡下不动，若房东好意无变化，即住到战争结束亦未可知。温和阳光与清爽空气，对于孩子们健康既有好处，寄居了将近×年，两个相连接的雕花绘彩大院落，院落中的人事新陈代谢，也使我觉得在乡村中住下来，比城里还有意义。户外看长脚蜘蛛于仙人掌篱笆间往来结网，捕捉蝇蛾，辛苦经营，不惮烦劳，还装饰那个彩色斑驳的身体，吸引异性，可见出简单生命求生的庄严与巧慧。回到住处时，看着几个乡下妇人，在石臼边为唱本新事上的姻缘不偶，从眼眶中浸出诚实热泪，又如何用发誓诅愿方式，解脱自己小小过失，并随时说点谎话，增加他人对于一己信托与尊重，更可悟出人类生命取予形式的多方，我事实上也在学习一切，不过和别人所学的大不相同罢了。

在腹大头小的一群官商合作争夺钞票局面中，物价既越来越高，学校收入照例不敷日用。我还不大考虑到“兼职兼差”问题，主妇也不会和乡下人打交道做“聚草屯粮”计划，为节约计，用人走后大小杂务都自己动手。磨刀扛物是我二十年老本行，做来自然方便容易。烧饭洗衣就归主妇，这类工作通常还与校课衔接。遇挑水拾树叶，即动员全家人丁，九岁大的龙龙，六岁大的虎虎，一律参加。来去传递，竞争奔赴。一面工作一面也就训练孩子，使他们从合作服务中得到劳动愉快和做人尊严。干的湿的有什么吃什么，没有时苞谷红薯也当饭吃，有时尽量，有时又听小的饱吃，大人稍稍节制。孩子们欢笑歌呼，于家庭中带来无限生机与活力。主妇的身心既健康而朴素，接受生活应付生活俱见出无比的勇气和耐心，尤其是共同对于生命有个新态度，过下去似乎再困难，即过三五年也担当得住并不如何灰心。一般人要生活，从普通比较见优劣，或多有件新衣和双鞋子，照例即可感到幸福。日子稍微窘迫，或发现有些方面不如人，设法从社交方式弥补，依然还不大济事时，因之许多高尚脑子，到某一时自不免又会悄悄地做些不大高尚的打算；许多人的聪明智巧，倒常常表现成为可笑行为。环境中的种种见闻，恰做成我们另外一种教育，既不重视也并不轻视。正好让我们明白，同样是人生，可相当复杂，具体的猥琐与抽象的庄严，它的分歧虽极明显，实同源于求生，各自想从生活中证实存在意义。生命受物欲控制，或随理想发展，只因取舍有异，结果自不相同。

我凑巧拣了那么一个古怪事业，照近二十年社会习惯称为“作家”。工作对社会国家也若有些微作用，社会国家对本人可并无多大作用。虽早已名为“职业”，然无从靠它“生活”。情形最古怪处，便是这个工作虽不与生活发生关系，却缚住了我的生命，且将终其一生，无从改弦易辙。另一方面又必然迫得我超越通常个人爱憎，充满兴趣鼓足勇气去明白“人”，理解“事”，分析人事中那个常与变，偶然与凑巧，相左或相仇，将种种情形所产生的哀乐得失式样，用它来教育我、折磨我、营养我，方能继续工作。

千载前的高士，常抱着个单纯信念，因天下事不屑为而避世，或弹琴赋诗，或披裘负薪，隐居山林，自得其乐。虽说不以得失荣利攖心，却依然保留一种愿望，即天下有道，由高士转而为朝士的愿望。作当前的候补高士，可完全活在一个不同心情状态中。生活简单而平凡，在家事中尽手足勤劳之力打点小杂，义务尽过后，就带了些纸和书籍，到有和风与阳光的草地上，来温习温习人事，并思索思索人生。先从天光云影草木荣枯中，有所会心。随即由大好河山的丰腴与美好，和人事上无章次处两相对照，慢慢地从这个不剪裁的人生中，发现了“堕落”二字真正的意义。又慢慢的从一切书本上，看出那个堕落因子。又慢慢地从各阶层间，看出那个堕落传染浸润现象；尤其是读书人倦于思索，怯于惑疑，苟安于现状的种种，加上一点为贤内助谋出路的打算，如何即对武力和权势形成一种阿谀不自重风气。这种失去自己可能为民族带来一种什么形式的奴役，仿佛十分清楚。我于是渐渐失去原来与自然对面时应得的谧静。我想呼喊，可不知向谁呼喊。

“这不成！这不成！人虽是个动物，希望活得幸福，但是人究竟和别的动物不同，还需要活得尊贵！如果当前少数人的幸福，原来完全奠基于一种不义的习惯，这个习惯的继续，不仅使多数人活得卑屈而痛苦，死得胡涂而悲惨，还有更可怕的，是这个现实将使下一代堕落的更加堕落，困难越发困难，我们怎么办？如果真正的多数幸福，实决定于一个民族劳动与知识的结合，从极合理方式中将它的成果重作分配，在这个情形下，民族中一切优秀分子，方可得到更多自由发展的机会。在争取这种幸福过程时，我们实希望人先要活得尊贵些！我们当前便需要一种‘清洁运动’，必将现在政治的特殊包庇性，和现代文化的驵侩气，以及三五无出息的知识分子所提倡的变相鬼神迷信，于年青生命中所形成的势利、依赖、狡猾、自私诸倾向，完全洗刷干净，恢复了二十岁左右头脑应有的纯正与清朗，认识出这个世界，并在人类驾驭钢铁征服自然才智竞争中，接受这个民族一种新的命运。我们得一切从新起始：从新想，从新做，从新爱和恨，从新信仰和惑疑。……”

我似乎为自己所提出的荒谬问题愣住了。试左右回顾，身边只有一片明朗阳光，漂浮于泛白枯草上。更远一点，在阳光下各种层次的绿色，正若向我包围越来越近。虽然一切生命无不取给于绿色，这里却不见一个人。一个有勇气将社会人生如一副牌摊散在面前，一一从新检起试来排列一下的人。

到我从新来检讨影响到这个民族正当发展的一切抽象原则以及目前还在运用它作工具的思想家或统治者被它所囚缚的知识分子和普通群众时，顷刻间便俨若陷溺到一个无边无际的海洋里，把方向完全迷失了。只到处看出用各式各样材料做成装载“理想”的船舶，数千年来永远于同一方式中，被一种卑鄙自私形成的力量所摧毁，剩下些破帆碎桨在海面漂浮。到处见出同样取生命于阳光，繁殖大海洋中的简单绿色荇藻，正唯其异常单纯，随浪起伏动荡，适应现实，便得到生命悦乐。还有那个寄生息于荇藻中的小鱼小虾，亦无不成群结伴，悠然自得，各适其性。海洋较深处，便有一群群种类不同的鲨鱼，皮韧而滑，能顺波浪，狡狠敏捷，锐齿如锯，于同类异类中有所争逐，十分猛烈。还有一只只黑色鲸鱼，张大嘴时万千细小蚧蛤和乌贼海星，即随同巨口张阖作成的潮流，消失于那个深渊无底洞口，庞大如山的鱼身，转折之际本来已极感困难，躯体各部门，尚可看见万千有吸盘的大小鱼类，用它吸盘紧紧贴住，随同升沉于洪波巨浪中。这一切生物在海面所产生的漩涡与波涛，加上世界上另外一隅寒流温暖所作成变化，卷没了我的小小身子，复把我从白浪顶上抛起。试伸手有所攀援时，方明白那些破碎板片，正如同经典中的抽象原则，已腐朽到全不适用。但见远处仿佛有十来个衣冠人物，正在那里收拾海面残余，扎成一个简陋筏子。仔细看看，原来载的是一群两千年前未坑尽腐儒，只因为活得寂寞无聊，所以用儒家名分，附会谶纬星象征兆，预备作一个遥远跋涉，去找寻矿产镕铸九鼎。这个筏子向我慢慢飘来，又慢慢远去，终于消失到烟波浩淼中不见了。

试由海面向上望，忽然发现蓝穹中一把细碎星子，闪烁着细碎光明。从冷静星光中，我看出一种永恒，一点力量，一点意志。诗人或哲人为这个启示，反映于纯洁心灵中即成为一切崇高理想。过去诗人受牵引迷惑，对远景泼眸过久，失去条理如何即成为疯狂，得到平衡如何即成为法则，简单法则与多数人心会和时如何产生宗教，由迷惑、疯狂，到个人平衡过程中，又如何产生艺术。一切真实伟大艺术，都无不可见出这个发展过程和终结目的。然而这目的，说起来，和随地可见蚊蚋集团的翁翁营营要求的效果终点，距离未免相去太远了。

微风掠过面前的绿原，似乎有一阵新的波浪从我身边推过。我攀住了一样东西，于是浮起来了。我攀住的是这个民族在忧患中受试验时一切活人素朴的心；年青男女入社会以前对于人生的坦白与热诚，未恋爱以前对于爱情的腼腆与纯粹，还有那个在城市，在乡村，在一切边陬僻壤，埋没无闻卑贱简单工作中，低下头来的正直公民，小学教师或农民，从习惯中受侮辱、受挫折、受牺牲的广泛沉默。沉默中所保有的民族善良品性，如何适宜培养爱和恨的种子！

强烈照眼阳光下，蚕豆小麦作成的新绿，已掩盖远近赭色田亩。面对这个广大的绿原，一端衔接于泛银光的滇池，一端却逐渐消失于蓝与灰融合而成的珠色天际，我仿佛看到一些种子，从我手中撒去，用另外一种方式，在另外一时同样一片蓝天下形成的繁荣。

有个脆弱而充满快乐情感的声音，在高大仙人掌丛后锐声呼唤：

“爸爸，爸爸，快回来，不要走得太远，大家提水去！”我知道，我的心确实走得太远，应当回家了。我似乎也快迷路了。

原来那个六岁大的虎虎，已从学校归来，准备为家事服务了。

孩子们取水的溪沟边，另外一时，每当晚饭前后，必有个善于弹琴唱歌聪明活泼的女子，带了他到那个松柏成行的长堤上去散步，看滇池上空一带如焚如烧的晚云，和镶嵌于明净天空中梳子形淡白新月，共同笑乐。这个亲戚走后，过不久又来了一个生活孤独性情淳厚的朋友，依然每天带了他到那里去散步。脚印践踏脚印，取同一方向来回。朋友为娱乐自己并娱乐孩子，常把绿竹叶折成的小船，装上一点红白野花，一点玛瑙石子，以及一点单纯忧郁隐晦的希望，和孩子对于这个行为的痴愿与祝福，乘流而去。小船去不多远，必为溪中洑流或岸旁下垂树枝作成的洑涡搅翻。在诗人和孩子心中，却同样以为终有一天会直达彼岸。生命愿望凡从星光虹影中取决方向的，正若随同一去不复返的时间，渐去渐远，纵想从星光虹影中寻觅归路，已不可能。在另一方面，朋友走了，有所寻觅的远远走去，可是过不久，孩子们或许又可以和那个远行归来的姨姨，共同到溪边提水了。玩味及这种人事倏忽相差相左无可奈何光景时，不由得人不轻轻地叹一口气。

晚饭时，从主妇口中才知道家中半天内已来过好些客人。甲先生叙述一阵贤明太太们用变相高利贷“投资”的故事，尽了广播义务，就走了。乙太太叙述一阵家庭小纠纷问题，为自己丈夫作个不美观画像也走了。丙小姐和丁博士又报告……

主妇笑着说：“他们让我知道许多事情，可无一个人知道我们今天卖了一升麦子一家四人才能过年。”

我说：“我们就活到那么一个世界中，也是教育，也是战争！”

“我倒觉得人各有好处，从性情上看来，这些朋友都各有各的好处。……”

“这个话从你口中说出时，很可以增加他们一点自尊心，若果由我笔下写出，可就会以为是讽刺了。许多人平常过日子的方法，一生的打算，以至于从自己口中说出的话语，都若十分自然毫不以为不美不合式，且会觉得在你面前如此表现，还可见出友谊的信托和那点本性上的坦白天真。可是一到由另一人照实写下来，就不可免成为不美观的讽刺画了。我容易得罪人在此。这也就是我这支笔常常避开当前社会，去写传奇故事原因。一切场面上的庄严，从深处看，将隐饰部分略作对照，必然都成为漫画。我并不乐意作个漫画家！实在说来，对于一切人的行为和动机，我比你更多同情。我从不想到过用某一种道德标准去度量一般人，因为我明白人太不相同。不幸是它和我的工作关系又太密切，所以间或提及这个差别时，终不免有点痛苦，企图中和这点痛苦，反而因之会使这些可爱灵魂痛苦。我总以为做人和写文章一样，包含不断的修正，可以从学习得到进步。尤其是读书人，从一切好书取法，慢慢地会转好。事实上可不大容易。真如×说的'蝗虫集团从海外飞来，还是蝗虫'。如果是虎豹呢，即或只剩上一牙一爪，也可见出这种山中猛兽的特有精力和雄强气魄！不幸的是现代文化便培养了许多蝗虫。在都市高级知识分子中，特别容易发现蝗虫，贪得而自私，有个华美外表，比蝗虫更多一种自足的高贵。"

主妇一遇到涉及人的问题时，照例只是微笑。从微笑中依稀可见出"察渊鱼者不祥"一句格言的反光，或如另一时论起的，"我即觉得他人和我理想不同，从不说；你一说，就糟了。在自以为深刻的，可不想在人家容易成苛刻，为的是人总是人，是异于兽和神之间的东西，他们从我沉默中，比由你文章中可以领会更多的同情。每个人既都有不同的弱点，同情却覆盖了那个不愉快！"

我想起先前一时在田野中感觉到的广大沉默，因此又说："沉默也是一种难得品德，在许多方面可以看得出来。因为它在同情之外，还包含容忍，保留否定。可是这种品德是无望于某些人的。说真话，有些人不能沉默的表现上，我倒时常可以发现一种爱娇，即稍微混合一点儿做作亦无关系。因为大都本源于求好，求好心太切，又缺少自信自知，有时就不免适得其反。许多人在求好行为上摔跤，你亲眼看到，不做声，就称为忠厚；我看到，充满善意想用手扶一扶，反而不成！虎虎摔跤也不欢喜人扶的！因为这伤害了他的做人自尊心。”

主妇说：“你知道那么多，却自己做不到把这不难得品德得到！称即不扶也成，可是事实上你有时却说我恐怕伤你自尊心，虽然你并不十分自尊，人家怎么不难受！”孩子们见提到本问题，龙龙插嘴说：“姆妈，奇怪，我昨天做了个梦，梦到张嫂已和一个人结婚，还请我们吃酒。新郎好像是个洋人。她是不是和×伯母一样，都欢喜洋人？”

小虎虎说：“可是洋人说她身体长得好看，用尺量过？洋人要哄张嫂，一定也去做官。×伯母答应借巴老伯大床结婚，借不借张嫂？张嫂是只煮不烂的小鸡，皮毛厚厚的，费火费水。做梦只想金钏子，××太太就有一双金钏子。”

小龙的好奇心转到报纸上：“报上说大嘴笑匠到昆明来了，是个什么人？是不是在联大演讲逗人发笑的林语堂？”

虎虎还想有所自见：“我也做了个怪梦，梦见四姨坐只大船从溪里回来，划船的是个顶熟的人。船比小河大。诗人舅舅在堤上，拍拍手，口说好好，就走开了。我正在提水，水桶上那个米老鼠也看见。当真的。”

虎虎的作风是打趣争强，使龙龙急了起来：“唉咦，小弟，你又乱说。你就只会捣乱，青天白日也睁了双大眼睛做梦，不分真假自己相信！”

“一切愿望都神圣庄严，一切梦想都可能会实现。”我想起许多事情。好像面前有一幅涂满各种彩色的七巧板，排定了个式子，方的叫什么，长的象征什么，都已十分熟习。忽然被孩子们四只小手一搅，所有板片虽照样存在，部位秩序可给这种恶作剧完全弄乱了。原来情形只有板片自己知道，可是板片却无从说明。

小虎虎果然正睁起一双大眼睛，向虚空看得很远，海上复杂和星空壮丽，既影响我一生，也会影响他将来命运，为这双美丽眼睛，我不免稍稍有点忧愁。因此为他说了个佛经上驹那罗王子[1]的故事：

“……那王子一双极好看的眼睛，瞎了又亮了，就和你眼睛一样，黑亮亮的，看什么都清清楚楚；白天看日头不眨眼，夜间在这种灯光下还看得见屋顶上小疟蚊。为的是做人正直而有信仰，始终相信善。他的爸爸就把那个紫金钵盂，拿到全国各处去。全国各地年青美丽的女孩子，听说王子瞎了眼睛，为同情他受的委屈，都流了眼泪。接了大半钵这种清洁眼泪，带回来一

① 今译“鸠那罗”，是古印度摩揭陀国孔雀王朝国王阿育王之子。

洗，那双眼睛就依旧亮光光的了！”

主妇笑着不做声，清明目光中仿佛流注一种温柔回答：“从前故事上说，王子眼睛被恶人弄瞎后，要用美貌女孩子的纯洁眼泪来洗，方可重见光明。现在的人呢，要从勇敢正直的眼光中得救。”

我因此补充说：“小弟，一个人从美丽温柔眼光中，也能得救！譬如说……”

孩子的心被故事完全征服了，张大着眼睛，对他母亲十分温驯地望着：

“姆妈，你眼睛也亮得很，比我的还亮！”

三十二年十二月末一天云南呈贡